KB113773

불사의 테스터

불사의 테스터 5

기로 퓨전 판타지 소설

초판 1쇄 찍은 날 § 2017년 3월 6일
초판 1쇄 펴낸 날 § 2017년 3월 10일

지은이 § 기로
펴낸이 § 서경석

편집책임 § 배경근

펴낸곳 § 도서출판 청어람
등록번호 § 제387-1999-000006호
등록일자 § 1999. 5. 31
어람번호 § 제1-2647호

주소 § 경기도 부천시 부일로 483번길 40 서경B/D 3F (우) 14640
전화 § 032-656-4452 팩스 § 032-656-4453
http://www.chungeoram.com
E-mail § chungeorambook@daum.net

ISBN 979-11-04-91229-0 04810
ISBN 979-11-04-91108-8 (세트)

5

FUSION FANTASTIC STORY

기로 퓨전 판타지 소설

불사의 테스터

도서출판 청어람

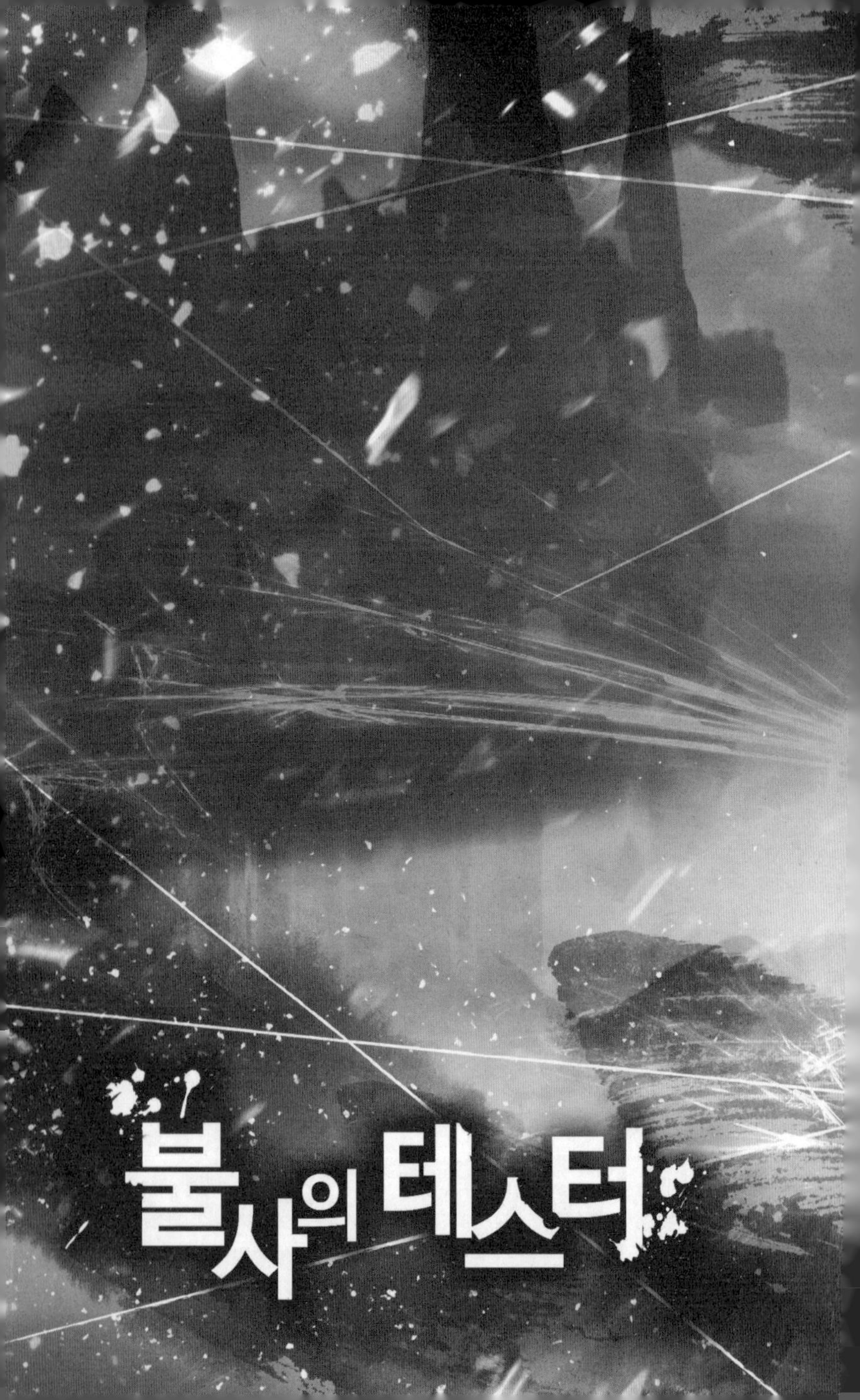
불사의 테스터

CONTENTS

제1장
불의 땅

"치호! 괜찮은 거야?"

대진과 메이는 치호에게 오자마자 괜찮은지부터 물었다.

하지만 지난번 치호가 전투 후 예민했던 기억이 떠올라 선뜻 가까이 다가가진 못하는 듯한 눈치였다.

"아… 그래, 괜찮아."

치호가 대진에게 응답하자 대진과 메이는 그제야 치호 앞으로 다가와 말했다.

"치호 아저씨, 그때도 그랬지만… 아저씨 정말 대단하네요. 이런 걸 혼자서 쓰러뜨리다니요. 칼이 들어가긴 해요? 히야."

"그러게 말이야. 이거 내 채찍은 이 녀석에게 씨알도 안 먹힐 것 같은데. 칼은 들었던 거야? 도대체 어떻게 이 녀석을 쓰러뜨린 거야? 정말 엄청나군. 후우. 비법이 있으면 좀 알려줘!"

두 사람은 치호 뒤에 쓰러져 있는 집채만 한 카바토를 보며 말했다. 카바토는 필드의 지배자는 아니어서 그런지 재로 변해 흩어지고 있었지만 그 몸뚱이가 커서 그런지 아직도 한참이나 더 기다려야 다 없어질 것만 같았다.

"호들갑은. 뭐… 어쩌다 보니 쓰러뜨릴 수 있었어."

"이게 어쩌다 보니 하고 말할 수준이 아닌데… 아! 그리고 그 친구들 말이야! 악몽이란 녀석들."

대진은 악몽에 대해서 무슨 할 말이라도 있는지 슬며시 말을 꺼냈다.

"그 친구들 말이야. 지난번하고는 위력이 다르던데… 어찌된 거야? 그새 성장이라도 한 거야? 그리고 지난번과 비교하면 이번에는 100명은 되어 보이던데 숫자 제한은 없는 거야?"

대진은 지난번 신전에서 본 악몽과는 위력이 사뭇 달랐기 때문에 물은 것이었다. 더군다나 숫자도 이번에는 100명에 달하는 수가 나타났으니 의문을 품을 만도 했다.

"100명은 무슨. 숫자에 제한은 있어. 그리고 그때는 신전의 제약이 걸려 있어서 악몽들이 제대로 힘을 못 쓴 거였어. 하지만 제약이 없는 이런 곳에서라면야."

"허… 이게 진짜 모습이었단 말이야? 그들한테 걸리면 정말 뼈도 못 추리겠군."

대진은 악몽들이 전투에서 보여주었던 모습을 상기하며 몸을 부르르 떠는 듯한 모습을 보여줬다. 치호는 그런 대진의 모습에 피식하고 웃을때 메이가 세이카의 시신을 보며 말했다.

"참… 뭐랄까. 부질없네요. 그런데 클레디안은 어떻게 하죠? 치호 아저씨?"

메이는 세이카의 시신을 보고 뭔가 아련한 듯한 눈빛을 하고 있었다. 하지만 그러면서도 클레디안이 떠오른 것 같았다.

그도 어쩌면 이 일에 가담했을지 모르기에 추적을 해야 할지 고민을 하는 듯싶었다. 그런 메이에게 치호가 나지막이 말했다.

"이번 일은 여기서 끝내지."

"하지만 아저씨! 분명 클레디안도 알고 있었을 거예요. 자신의 어머니가 무슨 일을 꾸미고 있었는지 말이에요."

메이는 구렁이 담 넘듯 흐지부지 넘어가는 게 싫은 모양인지 발끈하며 치호에게 말했다.

하지만 치호는 그저 고개를 흔들 뿐이었다.

"다시 이런 짓은 하지 못할 거다. 그리고 이제 와 누가 누구를 탓한다 해도 늦은 일이고."

"그렇긴 하지만……"

"우리 셋만 입 다문다면 별일 없을 거다. 클레디안도 작업 때문에 지하실에만 박혀 있었으니… 세이카와 관련되어 있다는 사실을 아는 자는 없을 테지."

메이 역시도 클레디안에 대해서 마음이 좋지 않았기 때문에 이번 일은 여기서 적당히 덮어두자는 치호의 의견에 동의하는 듯했다. 치호의 말대로 여기 있는 셋만 입을 다문다면 한 사람의 목숨은 살릴 수 있을 것이니 말이다.

다소 무거운 공기가 세 사람 주위를 감쌀 때 이번 전투의 생존자들이 하나둘 치호의 곁으로 몰려들기 시작했다.

"저… 정말 저 괴물이 죽은 것 맞습니까?"

조심스레 한 남자가 다가와 치호에게 말을 걸자 그것이 신호탄이라도 된 듯 주변에서 치호에 대한 질문들이 쏟아지기 시작했다.

"어떻게 저 녀석을 죽인 거요? 혼자? 정말이오?"

"탐색자가 무슨 직업이오! 그 직업을 하면 당신처럼 강해질 수 있소?"

"당신 무슨 아이템을 쓰고 있지? 스킬은. 혹시 공개할 수 있는 아이템이 있나?"

"이름… 당신의 이름이 치호요? 그 '영광의 기록서'에 최근에 이름을 올린?"

치호가 대답하기도 전에 쏟아지는 질문의 공세는 마치 도떼기시장을 방불케 하였다.

아직 치호가 대답하지도 않았음에도 불구하고 그들은 지치지도 않고 질문을 쏟아내었다.

몰려든 사람들은 치호에게 질문을 하는 사람도 있었고 카바토를 멍하니 바라보고 있는 사람도 있었다.

마치 이런 괴물 자체를 처음 보았다는 듯이 말이다.

"이런 … 잡을 수가 있는 거야?"

"허… 이런 게 있는 줄도 몰랐는데 깝치지 말아야겠어. 이 망할 놈에 필드! 제길! 적응했다고 생각했는데… 이런 게 있을 줄이야."

"그런데 이런 걸 혼자 잡으려면 도대체… 얼마나 강해야 하는 거지?"

"자네들 혹시 전투 중에 난입한 사람들이 어디로 갔는지 아는 사람이 있나? 그들의 정체는 대체 뭐지?"

"헛! 그러고 보니… 어디로 사라진 거지?"

카바토의 흩어지는 시신 주위로 몰려든 사람들은 카바토의 크기에 감탄하는 사람들도 있었고 그런 카바토를 쓰러뜨린 치호의 무력에 대해 놀라움을 표하는 이도 있었으며 개중에는 악몽들의 묘연한 행방에 의문을 품는 이들도 있었다.

하지만 속 시원히 대답해 줄 사람이 없어 의문만 커질 뿐이었다.

＊　　　＊　　　＊

"그러니까 당신들은 이대로 떠난단 말이오?"

"뭐… 그렇지 우리도 가야 할 곳이 있으니까."

시노프의 사람들이 주변이 어느 정도 정리되자 치호 일행과 차분히 대화를 나누고 있었다.

치호 일행과 이야기를 나누는 과정에서 치호가 다른 곳으로 가야 한다는 말을 듣자 그들은 서로를 보면서 다소 난처한 듯한 표정을 지으며 말했다.

"그러지 말고. 우리와 시노프로 돌아가는 건 어떻소?"

사람들 중 하나가 치호가 다른 곳으로 간다는 소리에 치호를 시노프로 함께 데려가려는 듯 설득을 하기 시작했다.

"이 괴물들이 다시 몰아닥치지 않는다는 보장도 없고 말이오. 더군다나 사람들이 많이 죽거나 다쳐서… 당분간, 당분간만이라도 어떻게 안 되겠소?"

아무래도 시노프로 그냥 돌아가기에는 뭔가 불안했는지 치호와 함께 갔으면 하는 눈치였다. 하지만 치호 역시 '와린'에게 가야 했기 때문에 단호하게 거절했다.

"안 돼. 우리도 더 이상 시간을 지체할 수 없다. 이미 시간을 많이 지체했거든."

치호 말을 마치고 일어서려고 하자 사람들 사이에서 여러 가지 말이 터져왔다.

"그러지 말고… 우리 좀 생각해 주시오. 당신들도 이번 전투 때문에 많이 지쳤을 테니…."

"거 참, 너무하네. 같이 좀 갑시다! 거. 너무 빼는 것 아니오?"

"솔직히 말해서 이 사달이 난 것도 어떻게 보면 당신 때문인 것 아니오? 한데 이렇게 무책임하게 떠날 수 있소?"

"힘 좀 있다고 유세 떨기는, 흥."

순간 여기저기서 원성이 터져 나오자 조금 전까지 치호를 설득하려던 남자가 난처한 표정을 지으며 그 사람들에게 호통치듯 말했다.

"야이! 이 사람들아. 이 사람 덕에 우리가 살아난 거 몰라? 그것만 해도 절을 해도 모자를 판에 뭐가 어쩌고 어째? 하여튼 사람들 하고는. 쯧쯧."

남자가 불만을 토로하는 이들에게 책망하듯 하는 말에 불만의 목소리가 다소 진정이 되긴 했지만 완전히 사라진 것 같지는 않았다.

그런 주변의 태도에 치호는 씁쓸한 미소를 지을 뿐이었고 메이는 발끈해서 앞으로 나서려 했지만 대진이 참으라는 듯 메이를 잡아서 말리고 있었다.

"대진, 메이. 가자."

치호는 그런 사람들에게 아무런 대꾸도 하지 않고 그저 자리를 털고 일어날 뿐이었다.

방금 전까지 치호와 대화를 나누던 남자도 더 이상 치호를 잡지 못하고 말했다.

"후… 미안하오. 이해하시오. 저들도 그저 불안해서 그런 걸 뿐이니 악감정이 있어서 저렇게 말하는 건 아니오."

"그래. 알고 있다. 걱정 마."

"고맙소. 어휴… 서로 힘을 합쳐야 할 텐데. 떠나게 돼서 아쉽소. 난 자레드요. 나중에라도 만나게 되면 인사라도 합시다."

치호는 자신을 자레드라고 소개한 남자와 가볍게 악수를 하고 미련 없이 무리에서 벗어났다.

그런 그들을 붙잡는 인원은 없었다. 아니, 이미 그들 역시도 불만을 터뜨린 사람들 때문에 치호를 붙잡기엔 명분이 없다는 것을 깨달았기 때문이다.

치호 일행은 그렇게 사람들을 떠나 동쪽 '불의 땅'을 향해 걸음을 옮겼다.

하지만 그곳으로 향하는 세 사람의 표정을 보니 마음이 편

치만은 않은 것 같았다.

       *   *   *

"아저씨. 치호 아저씨! 그때 왜 참은 거예요? 어휴. 옆에서 보고 있는 내가 다 화가 나던데. 하여간 사람들한테 잘해주면 안 된다니까? 그렇지 않아요?"

시노프의 사람들과 한참을 떨어지자 메이가 그제야 불만을 터뜨리듯 말했다. 그런 메이를 향해 치호가 웃으며 말했다.

"뭐… 그들 말도 완전히 틀렸다고는 볼 수 없으니. 어찌 됐건 우리가 거기에 가서 사단이 생긴 건 맞잖아?"

"아니, 그게 왜 우리 때문이에요! 그 세이카 때문이지. 하여튼 아저씨도 물러 빠져서는."

"그래? 하하. 뭐 그냥 넘기자고 사람들끼리 싸워봐야 좋은 게 뭐 있어."

메이의 툴툴거리는 말을 받아주며 치호는 발걸음을 서둘러 옮겼다.

메이는 여전히 사람들에게 앙금이 풀리지 않은 듯 치호에게 답답하다는지 하는 말을 했지만 치호와 대진은 그저 웃을 뿐이었다.

　　　　　　*　　　　　*　　　　　*

키드득.

촤악, 촤악!

"하여튼 변태처럼 채찍이 뭐람. 아저씨 좀 괜찮은 다른 무기 없어요? 무기 센스하고는."

"뭐가 어째? 이 계집애가 이 채찍이 어디가 어때서!"

"아니 그냥… 하여튼! 채찍이 뭐예요, 채찍이."

대진과 메이는 '불의 땅'을 향하는 길에 가끔 나타나는 괴물들을 처리하면서도 티격태격했다.

하지만 그렇게 서로를 대하면서도 악감정은 없는 것 같았다. 가끔 저렇게 싸우다가도 괴물이 나타나면 두 사람은 언제 그랬냐는 듯 괴물들으 손쉽게 처리했기 때문이다.

이미 두 사람에게 세 번째 필드의 괴물들은 더 이상 위협이 되지 않는 것처럼 보였다.

사실 이 두 사람도 치호에 비해서 활약이 적었을 뿐이지 일반 테스터들 사이에 데려다 놓으면 못해도 길드장 정도는 할 수 있는 정도의 무력을 갖춘 이들이었다.

그렇기 이곳 세 번째 필드에서 두 사람을 딱히 위협할 만한 괴물들은 없는 것 같았다. 단, 필드의 지배자나 후보들을 제외하면 말이다.

한참을 메이와 투닥거리던 대진이 조심스레 치호에게 말을
꺼내기 시작했다.

"한데… 치호. 이거 좀 더워지는 것 같지 않아?"

"그러게요. 어쩨 〈상티의 향상〉이 망가졌나 싶었는데… 그
런 것도 아닌 것 같고."

괴물을 처리하고 치호에게 다가와 말을 하는 두 사람에게
는 지금껏 보이지 않았던 땀방울이 얼굴에 맺혀 있었다.

그런 두 사람을 보고 치호가 말했다.

"아마 다 도착한 모양이야. 저길 봐."

치호가 가리키는 곳을 보니 마치 거대한 사막에 어울리지
않는 화산 하나가 우뚝 솟아 있었다. 그 화산은 금방이라도
터져 버릴 것처럼 연기를 연신 뿜어내고 있었다.

마치 세 사람을 반기기라도 하는 것처럼 말이다.

"진짜 해도 해도 너무하는군."

"그러게요. 사막 한가운데에 화산이라니… 제멋대로예요."

대진과 메이는 저 멀리 보이는 화산을 보며 툴툴거렸다. 하
늘에서 내리쬐는 빛만으로도 지치는데 화산의 열기까지 감당
해야 하니 벌써부터 기가 눌리는 것 같았다.

"클레디안이 경고한 이유가 있었군. 그래도 장비는 코팅 처

리를 다 했으니까 괜찮을 거다."

"그러면 뭐해요! 더운데! 으으… 어서 이 필드를 벗어나든지 해야지. 너무 더워!"

"동감이야. 휴… 치호, 이번 일만 끝나면 우리도 어서 다음 필드로 넘어가자고."

두 사람은 이제는 이런 열기에 질렸는지 어서 이 필드를 빠져나가고 싶어 하는 것 같았다.

치호 역시 이번 일만 마친다면 더 이상 세 번째 필드에 머무를 필요가 없으니 다음 필드로 넘어갈 생각이었기에 말없이 고개를 끄덕였다.

파삭.

세 사람은 화산의 꼭대기를 향해 천천히 걸어갔다. 화산은 회색의 재로 뒤덮여 있어 걸음을 옮기기가 쉽지 않았고 주변으로 용암이 줄줄 흐르고 있어 자칫 발이라도 헛디뎠다가는 큰 부상을 입을 것만 같았다.

"으… 와린이라는 녀석이 대체 어디 있다는 거야?"

"글쎄요. 꼭대기에 가면 있지 않을까요?"

"그런데 가면 또 전투를 치러야 하는 건가? 그러면 이쯤에서 한 번쯤 쉬고 가는 게 낫지 않을까 싶은데 말이야."

대진은 잠시 쉬었다가 정비를 하고 가자는 의견을 냈지만, 치호는 고개를 저었다.

"정상이 멀지 않았어. 게다가 이곳에서는 오래 있을수록 체력이 빠져나갈 거다. 이 비정상적인 더위 때문에."

"하긴 여긴 사우나보다 더한 온도니까… 쉬어도 쉰 것 같지가 않을지도. 그래, 후딱 일을 마무리 짓자고."

대진은 문득 한국에서의 사우나가 생각났는지 고개를 절레절레 흔들었다. 스스로 생각해도 사우나보다 더한 곳에서 휴식은 무슨 휴식이란 생각이 들었기 때문이다.

세 사람은 말없이 정상을 향해 걸었다. 처음에는 적당히 쉬어가며 움직였지만, 꼭대기에 다다르자 입도 바싹 말라 말할 기운도 제대로 없는 것 같았다.

"다 왔다."

"드… 드디어."

치호의 말에 메이가 힘겹게 입을 바짝 마른 입으로 안도의 한숨을 내쉬었고 대진도 만만치 않게 힘이 드는 건지 대답도 못 하는 것 같았다. 그런 두 사람을 보자 치호는 걱정이 앞섰다.

필드의 지배자에게 가는 길이다 보니 혹 전투를 치를지도 모른다. 그런 위험한 곳에 이 두 사람을 데려가야 할지 말아야 할지 고민이 된 것이다.

"너희 둘, 갈 수 있겠어?"

"네? 무슨 말이에요. 당연히 같이 가야죠!"

"아니, 이 앞은 이제 정말 위험할지도 모른다. 나도 어쩌면 보호해 줄 수 없을지 몰라. 가능하면 이쯤에서 기다리는 건 어때?"

"안 돼요! 카바토 때에도 아저씨 혼자 그렇게 고생했는데, 이번에도 혼자 가시려구요? 절대 안 돼요."

메이가 한사코 거절했고 메이의 의견에 동의한다는 듯 대진도 거들었다.

"맞아! 으… 쪽팔려서 말이지. 절대 혼자 가면 안 돼! 우리를 한번 믿어 보라고, 하하하."

메이와 대진이 저렇게도 강경하게 나오자 치호도 난처했다. 영 불안한 것이다. 하지만 그들의 의사 역시 중요하기에 어쩔 수 없이 허락하기로 했다. 언제까지 자신이 보호해 줄 수도 없는 노릇이고 그럴 필요도 없기 때문이다.

그들 역시 한 사람의 테스터이기 때문이다.

"좋아. 하지만 정말 죽을 수도 있으니까 각오 단단히 하는 게 좋아."

"걱정하지 말라니까요!"

"걱정 마. 하하하."

메이와 대진은 그렇게 말하며 말없이 포션을 꺼내 한 병씩 나누어 마셨다. 시노프 마을에서 치호보다 먼저 지칠 것을 대비해서 많은 양의 포션을 구비해 놓은 것 같았다.

그들의 준비성을 보니 피식 웃음이 났지만, 겉으로 표시하지는 않았다. 그저 화산 분화구 안쪽을 주시하며 신경을 집중할 뿐이었다.

[미확인 생명체 1 개체가 감지되었습니다. 제거 대상으로 등록하시겠습니까?]

정상에 올라 분화구를 보고 있을 때 떠오른 메시지가 치호의 신경을 계속해서 건드리고 있었기 때문이다.

＊　　　　＊　　　　＊

"지독하군."

분화구 아래로 내려가면 내려갈수록 짙어지는 화기는 세 사람을 괴롭혔다. 그나마 클레디안이 정비해 준 장비가 있기에 그나마 이 정도를 버티는 것 같았다.

이정도 열기라면 그 어떤 괴물도 쉽사리 이곳에 발을 디디지 못할 것이다.

'그래서 카바토가 그렇게 많은 괴물들을 이끌고 와린을 노린 것인가. 그럴 만도 하군.'

치호가 와린과 카바토에 대해 생각을 할 때 저 멀리 분화구의 끝 한쪽 어둠에서 작은 기척이 느껴졌다.

게다가 〈광인의 영역 선포〉로 인한 감지 효과도 그곳을 가리키고 있었기에 절로 한쪽 손이 파멸의 조각에 올라갔다.

"준비해. 뭔가 있다."

치호는 메이와 대진 두 사람에게 말하자 두 사람도 어느 정도 감은 있는지 각자 무기를 준비하기 시작했다.

'그런데… 필드의 지배자치고 압박감이 느껴지지 않는데… 이건 무슨 일이지?'

지금껏 만났던 필드의 지배자들은 나타날 때마다 대뜸 배틀 필드니 뭐니 하면서 메시지가 떠올랐는데, 어째서인지 이번에는 메시지 창이 조용하기만 했다.

하지만 아무런 메시지가 뜨지 않는다고 해서 저 앞에 있는 기척을 무시할 수도 없었기에 천천히 그 기척을 향해 거리를 좁혔다.

그리고 어느 정도 거리를 좁히자 그 어둠 속에서 한 인영이 천천히 걸어 나오며 세 사람을 반겼다.

"어서 오게. 드디어 자네를 만나게 되는군. 클클, 녀석의 말이 맞았군 그래."

마치 기다리고 있었다는 듯 모습을 드러낸 괴물은 세 사람의 기대와는 다른 모습을 가지고 있었다.

어둠을 뚫고 나온 것은 괴물이 아닌 영락없는 사람이었다.

얼굴에 주름이 자글자글한 노인의 모습을 한 사람이 천천히 걸어 나온 것이다. 그것도 나이에 맞지 않는 붉은 머리칼을 길게 길러서는 말이다.

'아니… 사람의 모습을 하고 있다고 봐야 하나? 제길, 이거 뭐야.'

치호는 혼란스러운 마음을 감추지 못했다. 겉모습은 영락없이 사람인데 눈빛에서 느껴지는 깊이나 기세는 범상치 않았기 때문이었다.

다른 지배자들과 달리 압박감이 느껴지지 않는 게 아니었다.

오히려 그렇게 분출되는 자신의 기운조차 갈무리할 만큼 능숙한 경지에 올라있는 것이었다.

그런 모습에 치호의 긴장감을 극도로 끌어 올렸지만 대진과 메이, 두 사람은 아닌 것 같았다.

오히려 이런 곳에 사람이 있다는 게 신기하다는 듯이 겁도 없이 그에게 다가가기 시작했다.

"여보시오. 거, 나이도 있는 양반이 여긴 어떻게 들어온 것이오? 아무래도 여기까지 들어온 걸 보면 실력이 좀 있는 모양인데… 이제 여긴 위험해질 것이오. 그러니 몸을 피하시오."

"할아버지, 여기는 이제 전장으로 변할지 몰라요! 그러니 어서 피하세요. 괜히 여기 있으시다가 다치실 수도 있어요."

대진과 메이는 노인을 걱정하듯 말했지만 치호는 그런 둘을 가볍게 제지하며 노인에게 말했다.

"네가… 와린인가?"

치호의 나지막한 음성에 두 사람이 화들짝 놀라며 물었다.

"치호! 그게 무슨 소리야, 저 노인이 와린이라니. 와린은 괴물 아니었어?"

"맞아요. 영수(靈獸)라면서요. 그러면 사람일 리가… 에이, 치호 아저씨가 뭔가 잘못 생각하고 있는 게 아닐까요?"

대진과 메이는 치호에게 의문을 표했지만 그 순간에도 치호는 노인에게서 시선을 떼지 못하고 있었다.

아직도 헛소리나 하는 대진과 메이와는 달리 치호는 몸의 텐션을 극도로 높였다.

한 순간, 단 한 순간이다.

저 정도 실력을 가진 자라면 단 한 순간에 대진과 메이의 목을 땅바닥에 떨굴 수도 있을 것이다.

두 사람이 저렇게 긴장을 풀고 있는 상태라면 더더욱 말이다.

치호가 긴장하는 기색이 역력하자 그 모습을 본 노인이 웃으며 말했다.

"아무래도 그쪽이 탐색자인가 보군, 클클. 호오, 그렇게 긴장할 것 없네. 아직은 적대할 생각이 없으니 말일세. 자네가 탐색자가 맞나?"

노인의 말에 대진과 메이 역시 상황이 묘하게 돌아가는 것을 느꼈다. 치호가 탐색자라는 것은 아는 사람이 얼마 없을 텐데 지금 이 순간 저 노인이 치호를 알고 있다는 것은 말이 안 되기 때문이다.

그렇기에 두 사람도 입을 다물고 조용히 임전 태세를 갖추기 시작했다.

그런 두 사람의 태도 변화에 맞추어 치호가 말했다.

"아직 내 물음에 답하지 않았을 텐데? 물음에 물음으로 답하는 건 꽤 싫어서 말이야."

"클클. 그런가? 뭘 새삼스레 숨기겠나. 서로 눈치채고 있을 텐데 말이야. 맞네, 내가 와린이네."

과연 노인은 치호의 예상대로 와린이었다. 대진과 메이는 속았다는 듯 약간의 허탈감을 느끼고 있었다.

하지만 그들도 지금 상황이 언제 급변할지 모르기에 쉽게 입을 놀리거나 하지 않았다. 잠깐이라도 방심하면 목숨을 보장할 수 없다는 걸 느낀 것이다.

눈앞에 있는 건 겉모습이 아무리 노인처럼 보여도 필드의 지배자다.

자신들은 싸울 엄두조차 내지 못했던 카바토가 도전장을 내밀 만큼 상위의 존재가 지금 눈앞에 있는 존재이기 때문이다.

"클클, 딱딱하기는. 이제 내 물음에 답해주겠나? 그대가 올브람의 뒤를 잇는 새로운 탐색자인가?"

"올브람의 뒤를 잇는지 어떤지는 몰라도 내가 탐색자인 것은 맞다. 한데 내가 올 것이라는 걸 어떻게 알았지?"

치호는 그게 궁금했다. 와린은 마치 자신이 올 줄 알았다는 듯 이야기하고 있었기 때문이다.

와린과는 한 번도 만나본 적도 없음에도 말이다.

지난번 세이카 때에도 거슬리던 일이었다. 감시자들은 어떻게 자신의 동선을 예측하고 덫을 깔아두었는지 이해가 가지 않았던 것이다.

그렇기에 와린에게 물은 것이다. 와린 역시 자신이 올 것이라는 것을 충분히 알고 있었던 것 같으니 말이다.

"올브람, 올브람이 자네가 올 것이라고 했지. 자신의 대를 이은 탐색자가 올 것이라고. 그 탐색자가 이 세계의 모든 진실을 깨달을 때 이 증오와 슬픔의 연쇄를 끊어줄 것이라고 했거든."

"진실을 모두 깨달을 때? 아니… 그전에 너… 올브람을 직접 만난 것처럼 이야기하는군."

"올브람, 그 친구 역시 직접 만났지. 이곳에 있는 날 찾아와 대뜸 진실을 알기 위해 왔다나 어쩐다나 하면서 패기 있게 찾아왔지. 무력이라곤 쥐뿔도 없으면서 패기만큼은 누구보다 뛰어나던 재미있는 친구였어. 클클, 그 친구 생각을 하니 왠지 아련해지는구만."

와린의 말에 치호는 눈썹이 저도 모르게 꿈틀거렸다.

올브람은 분명 수십 대 전의 사람인데 직접 만났다는 부분이 신경을 거슬렸기 때문이다.

그럼 이 녀석의 나이 역시 가늠조차 할 수 없을 것이기에, 특히 치호로서는 간과할 수 있는 내용이 아니었다.

"와린, 넌 영웅 세크의 영수(靈獸)라고 들었다. 그것도 진실인가?"

"오… 세크. 나의 친우이나 나와 영혼의 맹약을 나눈 그였지. 자네는 세크의 흔적을 따라온 겐가?"

"자… 잠깐. 영웅 세크와 함께했다는 건가? 그럼 넌 대체 얼마를 살아온 거지?"

사뭇 놀라는 치호의 물음에 와린은 새삼스레 그런 것을 왜 묻냐는 투로 퉁명스레 대답했다.

"자네도 만만치 않으면서 뭘 그러나?"

＊　　　＊　　　＊

치호는 순간 와린이 하는 소리를 잘못 들은 줄 알았다. 이 녀석이 지금 무슨 소리를 하는지 제대로 이해가 되지 않아 당혹스러운 목소리로 재차 물었다.

"뭐?"

"음? 자네도 나만큼……."

"아보크의 싸움터!"

[마력 50을 차감해 싸움터를 생성합니다.]

치호는 녀석의 말이 끝나기도 전에 〈아보크의 싸움터〉를 발동시켜 스스로를 대진과 메이로부터 격리시켰다.

"이봐! 치호! 이게 무슨 짓이야!"

"아저씨! 치호 아저씨! 이것 좀 풀어봐요! 위험하잖아요! 같이 싸워요. 네?"

밖은 다소 소란스러운 것 같은 눈치였지만 싸움터 안에 있는 치호와 와린에게는 그런 목소리가 들리지 않았다.

"미안하다. 잠시 이 녀석과 이야기를 나눌 것이 있어서. 조금만 기다려."

치호는 밖에 있는 두 사람에게 입모양을 최대한 크게 벌려

의사를 전달했다.

치호가 말하는 게 어느 정도는 전해졌는지 〈아보크의 싸움터〉가 생성해 낸 투명한 막을 연신 두드리는 행위를 멈추고 조용히 기다렸다.

두 사람의 행동이 진정된 것을 보고 치호는 다시금 뒤돌아서서 와린을 바라보며 말했다.

"와린… 너 어떻게 알고 있는 거지? 나에 대해서 뭔가 아는 게 있나?"

"자네에 대해서라……. 글쎄, 많이 안다면 많이 알고 있고… 아니라면 아닌 게지. 클클. 한낱 껍데기에 현혹되는 인간은 아니어서 자네를 알아본 걸지도 모르고."

"과연… 인간이 아니라는 건가?"

와린은 치호의 말에 그저 웃음 지으며 고개를 끄덕일 뿐이었다. 그러고는 〈아보크의 싸움터〉의 외벽을 퉁퉁 쳐보며 흥미롭다는 듯 말했다.

"호오, 아련하군. 아보크의 기술까지 이은 것이야? 자네 참 생각보다 재미있는 친구로군. 게다가 그 브로치까지."

"아보크라니… 아보크는 또 어떻게 알고 있는 거지? 그리고 이 여신의 브로치에 대해 알고 있나?"

"여신? 그녀가 지금은 그렇게 불리고 있는 겐가? 하긴 그럴 만도 하지. 언제나 손해 보는 것은 그녀였으니까. 그리고 영웅의 흔적을 따라왔으면서 아보크를 몰라? 그건 또 그것 나름대로 재미있군그래."

와린은 뭔가 많은 것을 알고 있는 것 같았다. 그 긴 세월을 혼자 살아남아 있다면, 어쩌면, 어쩌면 이 세계에 대해서 모든 것을 알지도 몰랐다.

"어디서부터 물어야 할지 모르겠군. 후… 일단 너… 정말 영웅 세크와 함께 행동했고 지금껏 살아 있던 것이냐?"

"뭐… 내 경우는 자네와는 좀 다르기는 하네만… 그렇다고 볼 수 있지?"

"조금 다르다? 도무지 이해가 되질 않는군."

치호는 이마에 손을 짚었다. 생각지도 못하게 머리가 아파왔기 때문이다. 그런 치호를 보고 와린이 치호에게 말했다.

"너무 그렇게 당황해할 필요 없네. 나는 자네와는 조금 다르지. 자네는 실체를 가지고 움직이지 않나? 하지만 난 세크와의 맹약에 따라 약속을 이행하고 있을 뿐이야."

"맹약?"

"그렇지, 맹약."

와린은 맹약에 대해 어떻게 이야기할지 망설이는 듯싶더니 치호에게 설명하기 시작했다.

"흐음… 뭐라고 말해야 할까. 목표를 이룰 때까지 제한된 이곳에서만 생을 연명할 수 있는 존재라고 할까? 그나마도 평소에는 잠들어 있는 게 전부지만 말이야."

와린의 말을 들어보니 녀석은 이 화산을 벗어날 수 없는 것 같았다. 하지만 잠들어 있다는 말의 의미를 알 수 없기에 다시금 물었다.

"잠들어 있다는게 무슨 의미지?"

"말 그대로네. 이곳에 누군가 적의를 가지고 침입하지 않는 이상 나는 잠에서 깨지 않아. 영원한 잠에 빠지는 게지."

"그럼 우린 너에게 적의가 없었는데 어째서 깨어난 거지?"

"그런 경우가 한 가지 있지. 퀘스트인지 뭔지를 받고 온 게지? 이곳에. 셀렌이 고생 좀 했어. 자네 같은 녀석을 발견하다니 말이야."

와린의 말에 치호는 눈이 번뜩였다. 녀석은 자신의 퀘스트까지 뭔가 눈치를 채고 있는 것 같았다.

"셀렌까지… 후우, 대체 어떻게 그들을 모두 알고 있는 거지? 정말 의문 투성이로군. 묻는 게 지겨울 정도야."

이제는 더 이상 놀랍지도 않았다. 어쩌면 저 녀석은 투사 바르시까지 알고 있을지도 몰랐지만 굳이 묻지는 않았다.

그것 말고도 지금 물어야 할 것은 많으니까 말이다.

치호가 와린을 향해 경계의 눈빛을 보내자 와린은 시원하게 웃으며 말했다.

"그렇게 경계할 필요 없네. 그들은 모두 영웅 세크의 동료였기에 내가 아는 게 당연한 것 아닌가? 응?"

"뭐?"

"그들 모두 세크의 동료였지. 나를 포함해서 말이야."

"그럼… 어째서… 무구나 다른 자료들에는 타락한 영웅이니, 서로가 원망을 하는 것처럼 묘사가 되어 있지? 서로가 동료였다면서?"

"그럴 필요가 있었으니까. 우리가 신을 어떻게 베었다고 생각하나? 단 하나의 희생도 없이 녀석들에게 도달할 수 있었다고 생각한 건 아니겠지? 클클."

와린의 말을 듣자 치호의 머릿속은 복잡해졌다. 지금껏 전설 등급의 무구나 다른 곳에서 얻은 정보는 제대로 믿을 수가 없었기 때문이다. 지금껏 전설 등급 무구에서 얻은 정보는 진실인줄 알았는데, 그런 게 아닌 모양이었다.

"제길, 복잡하군. 이곳에 처음 떨어진 듯한 느낌이야. 결국 난 아무것도 모르는 것이군."

치호는 지금껏 자신이 무엇을 하며 이곳 세 번째 필드까지 온 것인지 자책이 들었다.

지금껏 진실이라고 믿었던 것들이 진실이 아니다.

그리고 거짓이라고 생각했던 것들이 어쩌면 진실이 될 수도 있는 상황이었다.

이런 혼란스러운 상황에서 와린이 치호에게 말했다.

"그래서 진실의 파편을 찾으러 온 게 아닌가? 자네."

"파편… 그렇지, 그게 있었지. 한데… 그건 대체 뭐지? 어떻게 얻어야 하는 거야? 내가 받은 퀘스트는 아무런 반응이 없는데?"

"그건 날 쓰러뜨리면 얻을 수 있을 걸세."

"뭐? 널 쓰러뜨려야 한다고?"

와린은 그 말을 할 때 점차 눈빛이 아련해지기 시작했다.

"지금 이 모습이 원래의 내 모습은 아니니까. 자네가 싸워야 할 녀석은 그 녀석이지. 그때는 나도 통제하지 못해. 말 그대로 이성을 잃은 괴물들과 다를 바 없는 녀석이 되는 게야."

"그런가… 결국 싸워야만 하는 건가?"

"미안하네, 여러 가지로. 자네가 궁금한 게 많을 테지만 그런 것들은 중요하지 않네. 그저 퀘스트, 그것을 따라가게. 그것은 세크가 안배해 놓은 것. 그것을 따라가다 보면 자네가 원하는 것을 손에 넣을 수 있을 게야."

"후… 그랬으면 좋겠군."

"내게도 드디어 안식이 찾아오는군. 너무 오래 기다렸어, 자넬… 내게 부디 안식을 주길 바라겠네."

그렇게 말하는 와린의 눈은 점차 검게 물들어갔고, 몸집 또

한 점점 부풀어 오르기 시작했다.

그리고 그 부풀어 오르는 몸집은 피부가 감당하지 못했는지 갈갈이 찢어지고 새로운 피부가 돋아나기 시작했다.

붉은 비늘.

온몸에 붉은 비늘을 가진 녀석은 하나하나가 마치 보석처럼 붉게 빛났고, 새로 돋아난 머리의 뿔은 마치 사슴의 뿔처럼 여러 갈래로 퍼져 있었다. 하지만 날카롭기가 보통이 아닌 것처럼 보여 만약 저 뿔에 찔린다면 뼈도 못 추릴 것 같았다.

[아보크의 싸움터가 해제됩니다.]

'어째서?'

치호는 저런 녀석을 상대함에 있어서 차라리 싸움터 안에 둘만 있다는 것이 안심이 되었다.

메이와 대진까지 있다면 영 불안할 것 같아 차라리 잘된 것이라고 생각했는데 갑자기 스킬이 풀려 버렸다.

'제길… 사람 형태의 와린은 죽은 것이라고 판단한 건가? 그러니까… 저건 아주 다른 개체로 봐야 하는 거군.'

시스템 상 방금 전의 와린과 지금 변모하고 있는 와린은 전혀 다른 개체로 인식하는 것 같았다.

그랬기에 싸움터 내에 누군가 죽기 전까지는 풀리지 않을 스킬이 풀려 버린 것이다.

"치호! 어떻게 된 일이야!"

"저… 저 사람 괴물로 변해요!"

황급히 치호 곁으로 다가온 메이와 대진은 지금 벌어지고 있는 상황에 대해 설명을 원하는 것 같았지만 길게 설명할 수가 없었다.

녀석의 변태가 거의 완료된 것 같았기 때문이다.

"설명할 시간이 없다. 저 녀석이 와린이야. 후… 저 녀석을 쓰러뜨려야 해. 각오들 단단히 해!"

"후… 결국 싸우게 되는군."

"치호 아저씨, 그때 이후로 오랜만에 같이 싸우네요? 이번에는 그때처럼 기절하지 않고 끝까지 함께 싸울게요!"

대진과 메이 역시 사태의 심각성을 알았기 때문인지 더 이상 묻지 않고 천천히 공격 태세를 취했다.

치호는 두 사람의 태도에 고개를 끄덕이고는 재빨리 와린을 향해 내달렸다. 녀석이 변화된 몸에 적응하기 전에 어서 처리해야 할 것 같았기 때문이다.

"와린… 네게 안식을 주마."

치호는 어딘지 모를 슬픈 눈으로 와린에게 달려들었다.

치호는 와린에게 달려들었지만 녀석도 이미 변화를 마쳤는지 치호가 쇄도하는 속도 이상의 빠른 속도로 공격을 피해 버렸다.

"이 녀석 빠르다! 조심해!"

치호는 녀석의 속도가 심상치 않게 느껴졌다. 자칫 녀석의 속도에 대진과 메이가 반응도 하지 못하고 당할지 몰라 신경이 쓰인 것이다.

가능하면 자신이 이 녀석을 붙들고 있어야 대진과 메이가 기회를 봐서 녀석을 칠 수 있을 것 같았다.

"내가 이 녀석을 최대한 붙잡고 있을 테니 너희가 타격을 넣어!"

치호로서도 이 녀석의 속도 때문에 제대로 된 타격을 하기가 쉽지 않은 상황이었다. 그렇기에 차라리 자신이 이 녀석의 움직임을 최대한 제한시켜 놓는 게 나을 것 같았다.

"알았어! 치호. 부탁하지!"

"치호 아저씨. 무리하지 말고 위험하면 바로 빠지세요!"

치호는 두 사람에게 고개를 끄덕이는 것으로 대답을 대신하고 다시금 와린을 향해 달려들었다.

녀석의 움직임을 막으려고 최대한 신경을 쓰며 치호는 몸을 움직였지만, 그럼에도 녀석의 움직임을 따라가기에는 많이 부족했다.

치호의 괴물 같은 스테이터스 포인트도 와린의 움직임을 따라잡기가 힘든 것이다.

게다가 와린은 치호를 피해 빠르게 용암 사이를 펄쩍펄쩍 뛰어 다니며 몸을 푸는 듯한 모습이었다.

하지만 치호 역시 만만치 않았다. 빠른 녀석의 움직임을 예측해 녀석에게 일격을 날린 것이다.

비록 와린의 뿔에 그 일격이 막혔지만 말이다.

[내구도 1 손상시켰습니다.]

'제길… 뿔이 왜 이렇게 단단해. 하지만 스킬은 작동한다! 좋아 희망이 있어!'

치호가 작동되는 스킬 메시지를 보고 카바토처럼 천천히 공략하면서 녀석을 무력화시키면 승산이 있을 것 같았다.

와린이 이상한 행동을 하기 전까지는 말이다.

"아저씨! 와… 와린이 용암을 마시고 있어요!"

"볼프의 채찍! 녀석이 뭔가 하기 전에 어서 공격을 퍼붓자고!"

대진은 뭔가 녀석의 행동이 불안했는지 연신 공격을 퍼붓기 시작했다.

용암을 마시고 있는 와린을 저지하기 위해 치호는 녀석의 정면에 서서 녀석에게 검을 휘두르고 나머지 두 사람은 뒤에서 공격을 퍼부었다.

하지만 와린은 그런 공격을 맨몸으로 받아내면서도 억지로 용암을 마시고 있었다.

더군다나 세 사람이 하는 공격은 녀석의 단단한 비늘에 막혀 번번이 실패할 뿐만 아니라 와린의 뿔 때문에 치호는 제대로 공격을 하지 못했다.

[내구도 1 손상시켰습니다.]

'쳇, 이거 내구도가 얼마나 남았는지를 모르니 막상 싸우기가 까다롭군.'

스킬 〈장인의 자존심〉은 무구에 대해 내구도를 손상시켜 결국 무구를 파괴하는 스킬인데 지난번 카바토 때에는 아주 유용하게 써먹었다.

하지만 이번에는 좀 달랐다.

녀석의 움직임이 워낙 빨라 제대로 한 부분을 노릴 수가 없었고 툭하면 녀석의 날카로운 뿔이 치호의 공격을 막아버린 것이다.

더욱이 녀석은 뿔을 이용해 치호의 공격을 막아낸 후 바로 반격이 들어왔기에 제대로 공격을 할 수 없었다.

그렇기 때문에 치호는 녀석의 공격을 최대한 자신이 받으며 와린의 움직임을 봉쇄했다. 공격을 대진과 메이 두 사람에게 맡긴 것이다.

하지만 그것도 여의치 않아 보였다.

"제길, 채찍이 비늘 때문에 제대로 대미지를 주지 못하는 것 같아. 더군다나 속성조차도 나와 같은 속성이야."

대진은 자신의 채찍이 통하지 않음에도 불구하고 계속해서 녀석에게 공격을 감행했다. 작은 대미지라도 누적시키기 위해서 집요하게 한 부분만을 노렸다.

대진의 채찍이 회수되는 순간을 노려 채찍이 공격하던 부분을 메이가 다시금 노렸다.

"붕(崩)!"

케엑, 케엑!

"효과가 있는 것 같아요!"

메이는 공격을 날리고 재빨리 뒤로 빠졌다. 아무래도 녀석이 부들거리는 것이 대진과 메이의 합격이 어느 정도 통한 것 같았다.

더욱이 메이의 〈붕(崩)〉 스킬은 과거 치호가 직접 경험해 본 바 외부보다는 내부를 직접 타격하는 방법이었기 때문에 몸집이 카바토에 비해 상대적으로 작은 와린에게는 효과가 있는 것 같았다.

"물러서! 녀석이 뭔가……."

순간 고개를 숙이고 마시던 용암을 기침이라도 하듯 뱉어
내던 와린은 일순 치호를 바라보고는 거대한 주둥아리를 벌
려 용암을 치호에게 쏟아냈다.

"치호 아저씨! 피해요!"

일전에 키테그람의 숨결 공격과 비슷한 종류의 공격이었는
데, 지금의 공격은 용암이 마치 창처럼 뿜어져 나와 치호의 머
리를 그대로 관통하려고 했다.

푸시시.

하지만 다행히 용암의 창은 치호의 귓가를 스치고 지나갔
다.

"치호! 방심하지 마! 녀석이 어떤 공격을 할지 모르잖아!"

대진이었다. 와린이 용암의 창을 입에서 뿜으려는 순간 채
찍으로 녀석의 뿔을 감아 급하게 당긴 것이다. 그 덕에 다행
히 치호를 향했던 궤도가 틀어져 치호가 직격당하지 않았다.

"고맙다. 대진."

치호는 대진 덕분에 녀석의 용암의 창을 피해낼 수 있었다.
녀석의 공격은 과거 경험했던 숨결 공격과는 달리 일점으로
뿜어져 나와 치호가 반응도 하기 힘들었던 것이다.

가슴을 쓸어내리는 치호와는 달리 자신의 공격이 반드시
성공하리라 확신한 듯했던 와린은 몸을 부들부들 떨며 다시
금 용암을 마시기 시작했다.

"제길. 공격해! 녀석이 다시 공격을 준비한다!"

녀석은 다시금 용암을 마시기 시작했는데 그 순간만이 와린이 한곳에 머무르는 유일한 시간이었기에 기회를 놓치지 말아야 했다.

"율리아의 전투 함성!"

치호는 이번에 녀석에게 대미지를 입히는 것이 자신보다는 대진과 메이에게 달려 있다고 판단이 서자 자주 쓰지 않던 〈율리아의 전투 함성〉을 발동시켰다.

이 스킬의 효과로 대진과 메이의 공격력과 방어력이 100% 향상될 것이기에 과감하게 사용한 것이다.

"볼프의 채찍!"

"붕(崩)!"

크루룩! 켁켁켁!

"아저씨! 효과가 있어요! 공격이 통하기 시작했어요!"

"치호 이게 네 스킬인 거야? 녀석의 비늘이 벗겨지고 있어!"

치호가 녀석의 신경을 분산시키고 있을 때 〈율리아의 전투 함성〉 효과로 인해 대진의 공격은 와린의 비늘을 조금씩 뜯어내기 시작하였고, 메이는 그 부분에 그대로 스킬을 때려 박아 녀석에게 직접적인 대미지를 주었다.

그러자 녀석도 아까와는 달리 용암을 채 다 먹지도 못하고 자리를 피할 수밖에 없었다.

케엑. 켁켁.

"어딜! 투사의 발걸음!"

하지만 치호 역시 이번 기회를 그냥 놓치고 싶지 않았다. 만약 녀석이 다시금 회복된다면 다음에도 이런 기회가 오리라는 보장이 없었기 때문이다. 더욱이 〈율리아의 전투 함성〉의 경우 마력을 100이나 잡아먹는 큰 기술이기 때문에 쉽게 쓸 수가 없는 기술이다.

그 효과를 최대한 보려면 지금 처리해야 한다.

화르륵.

치호의 발걸음마다 지천에 깔린 용암과는 다른 검은 불길이 치솟아 올랐다. 그 검은 불길은 주변의 용암과 세를 겨루듯 점차 세를 불려 나갔다.

"대진, 메이! 이 불길에서 떨어져! 한번 붙으면 쉽게 꺼지지 않을 테니까!"

대진과 메이는 빠른 이동기가 없기에 와린의 움직임을 따라 잡지 못해 발만 동동 굴렀다.

그저 치호의 전투를 지켜볼 수밖에 없기 때문이다.

"흐읍!"

키에엑!

치호는 발을 굴러 그대로 와린의 등에 탔다. 녀석은 몸부림을 치며 치호를 떨어뜨리려고 애썼으나 치호 역시 만만치 않았다.

"저항하지 마라, 와린. 금방 끝난다!"

치호는 녀석의 등 뒤에서 녀석의 뿔을 지지대 삼아 균형을 잡으려 했지만, 녀석이 움직이는 속도도 속도인 데다 발광하는 불규칙한 움직임에 몸을 바로 세우기가 여간 힘든 게 아니었다.

"제길!"

콰앙.

치호는 결국 와린에 등에서 떨어져 화산의 벽을 때리며 떨어질 수밖에 없었다.

아직 녀석의 기운이 다 빠지지 않은 것이다.

그나마 다행이라면 녀석의 등에 발자국을 많이 남겨두었기 때문에 검은 불길이 녀석에게 지속적으로 대미지를 주고 있다는 사실이었다.

와린 역시 등에 붙은 검은 불길을 끄기 위해서 연신 바닥을 굴렀지만 도통 꺼지지 않자 고통에 찬 비명을 지르기 시작했다.

"쿨럭! 제길, 어지간해서는 꺼지지 않을 거다."

바닥에 내동댕이쳐진 치호 역시 어느 정도 충격이 있었는지 피를 한 움큼 토해내면서도 다시금 몸을 추스르고 녀석에게 쇄도했다. 지금 타이밍을 놓치면 정말 상황이 어려워지기 때문에 무리해서라도 녀석에게 달려든 것이다.

까앙!

[내구도 1 손상시켰습니다.]
[내구도 1 손상시켰습니다.]
[내구도 1 손상시켰습니다.]

치호는 녀석이 혼란스러워하는 틈을 타 제일 먼저 녀석에게 가장 거슬리는 뿔을 노렸다. 저 뿔만 없어도 공격이 원활할 텐데 번번이 녀석의 뿔에 가로막혀 공격이 실패했기 때문이다.

[내구도 1 손상시켰습니다.]

"좋아! 마지막이다!"

[내구도 1 손상시켰습니다.]
[내구도를 한계까지 손상시켜 장비를 파괴하였습니다.]

치호는 기어코 와린을 뿔을 박살 내고 만 것이다. 그리고 드러난 녀석의 얼굴.

치호는 망설이지 않고 그대로 녀석의 눈을 노렸다.

키에엑!

"제길."

와린은 자신의 뿔이 부서질 것이라는 생각도 못했는지 다소 당황한 듯 보였으나 괜히 필드의 지배자 자리에 앉아 있는 게 아니라는 듯 금세 상황을 파악하고 치호의 검을 피해낸 것이다.

원래라면 치호의 검이 녀석의 눈을 뚫고 들어가 뇌를 곤죽으로 만들어 놔야 했을 테지만 녀석이 피하는 바람에 그저 스쳤을 뿐이었다.

와린은 한쪽 눈에서 피를 흘리고서는 숨을 골랐다.

치호와 거리를 유지하며 숨을 고르고 있는 것이다. 녀석도 계속된 움직임에 조금씩 지쳐가는 것 같았다.

푸르륵. 푸르륵.

"후우, 일단 끝장을 봐야지? 안 그래?"

치호 역시 숨을 가다듬고 마지막 일격을 준비하며 녀석에게 달려들었지만, 녀석은 치호에게 달려들지 않았다. 그대로 몸을 돌려 멀리 떨어진 두 사람을 향해 달리는 것이었다.

"제길! 대진, 메이! 피해!"

와린은 치호와 계속 싸워서는 승산이 없다는 걸 깨달았는지 치호보다 약해 보이는 두 사람을 공격해 치호의 자세를 흐트러뜨릴 생각인 듯싶었다.

뒤도 돌아보지 않고 그대로 두 사람에게 달려드는 것을 보면 말이다.

"호락호락하게 당해줄 것 같으냐! 볼프의 채찍!"

대진은 와린이 달려드는 것을 보고 채찍을 벽에 박고서는 그대로 메이를 품에 안아 들고서는 그대로 뛰어올랐다.

쿠웅.

대진의 빠른 대처 덕분에 두 사람은 와린의 쇄도를 가까스로 피해냈고 와린은 전속력으로 달렸는지 대진과 메이를 지나치고서도 속도를 줄이지 못해 그대로 화산의 외벽에 처박히고 말았다.

"치호! 우리도 우리 몸은 건사할 수 있다고! 신경 쓰지 말고 녀석을 처리해!

"맞아요! 우릴 믿어도 돼요. 지난번과는 다르다니까요?"

치호는 두 사람에게 달려드는 와린을 보고 순간 내면의 다른 녀석들이 나오려 했지만 이번에는 몸의 주도권을 빼앗기지 않았다.

두 사람이 와린의 공격을 침착하게 피해내 위기를 넘겼기 때문이다.

만약 두 사람이 저 돌진하는 공격을 그대로 받아내었다면 두 사람의 목숨은 보장할 수 없었을 것이다.

치호는 그런 두 사람을 보고 가슴을 쓸어내렸다.

만약 두 사람이 치호의 눈앞에서 죽는다면 이번에는 정말 자신도 제어할 수 없을 만큼 정신을 놓아버릴 것 같았기 때문이었다.

하지만 다행스럽게도 그런 일은 일어나지 않았다.

치호는 두 사람이 하는 말을 들으며 굳이 대답하지 않았지만 얼굴에는 미소가 피어 있는 것 같았다.

다만 지금은 전투 중이기에 표현하지 못하지만 말이다.

"와린… 끝을 내자."

와린의 돌진 공격은 강렬했는지 벽을 부서뜨리고도 한참을 들어가 있었다. 마치 동굴처럼 부서져 내린 외벽에서 와린이 천천히 걸어 나왔다.

크르르륵.

그런 와린의 눈은 붉게 타오르고 있었고 입에서는 연기가 뿜어져 나오고 있었다.

안쪽에서 아무래도 용암을 잔뜩 마시고 나온 것 같았다. 녀석은 용암을 마시면 체력이라도 회복되는지 자신만만한 표정이었다.

하지만 그런 와린의 기세에도 치호는 한 치의 망설임 없이 녀석에게 달려들었다.

뿔을 잃은 녀석은 더 이상 치호의 적수가 아니었다.

더군다나 대진과 메이가 녀석의 비늘까지 벗겨낸 다음에야 약점 투성이의 와린은 더 이상 치호가 긴장해야 할 만한 존재가 아니었다.

"투사의 발걸음!"

치호는 〈투사의 발걸음〉을 발동시키며 마치 악몽들과 마찬가지로 검은 빛살처럼 와린에게 쇄도했다. 더욱이 치호가 발을 딛는 곳마다 검은 불길이 치솟아 올랐음은 말할 것도 없었다.

키에엑!

화산의 깊은 분화구 안에서는 지난 수백 년간 들릴 리 없었던 와린의 비명으로 가득 찼다.

제2장

필드의 정수 Ⅰ

쿠웅.

"허억, 허억."

치호는 거친 숨을 내쉬며 쓰러져 가는 와린을 바라보았다.

체력을 회복한 와린은 치호의 생각보다 저항이 격렬했고, 그로 인해 금방 끝날 줄 알았던 와린과의 전투가 좀 더 이어졌다.

하지만 날카로운 뿔과 철갑 같은 비늘을 잃은 와린은 더 이상 치호에게 있어 위협이 되는 존재는 아니었다.

녀석의 움직임이 너무 빨라 확실한 대미지를 쌓는 게 힘들었을 뿐이지, 결국 마지막에 서 있는 건 치호였다.

[에픽 퀘스트 — 진실의 장 — 완료]

— 수많은 난관을 극복하고 진실의 조각을 얻을 자격을 갖추었습니다. 험난한 여정에 대한 보상으로 진실의 조각을 수여합니다. 동시에 필드의 지배자를 처단하여 새로운 통로를 개척할 자격을 드립니다. 당신이 원하는 곳에서 '통로 개방'이라고 외치면 통로가 즉시 개방됩니다.

[진실의 조각 1/3]

— 가벤티아 올브람의 저서 '비원' 중 일부 획득

〈퀘스트 보상 — 에픽 등급 물품〉
〈기여도 [S]〉
— 황치호:62% 유대진: 18% 메이: 20%
〈미지정 포인트 +20 획득하였습니다.〉
〈스스로의 자격을 증명해 필드를 벗어날 자격을 획득하였습니다.〉
〈무시할 수 없는 경험치를 획득하였습니다. 스킬과 칭호로 대

체합니다.〉

　〈칭호 '자이언트 킬링'이 중첩됩니다.〉

　〈칭호 '지배자 사냥꾼'이 중첩됩니다.〉

　〈전설 등급 스킬을 획득하였습니다.〉

　〈1,256골드 26실버 56브론을 획득하였습니다.〉

　〈필드의 정수(1)를 획득하였습니다.〉

　와린의 숨이 완전히 끊어졌는지 치호의 눈앞에 메시지가 떠오르기 시작했다. 과연 와린이 인간형이었을 때 말한 것처럼 에픽 퀘스트 또한 완료되었다는 메시지가 떠오른 것이다.

　천천히 메시지를 확인하던 치호는 가장 먼저 눈에 띄는 '올브람'의 저서를 인벤토리에서 꺼내 들었다.

　'올브람의 저서 비원?'

　조각이라는 것이 상징적인 의미인 줄은 알았으나 이런 식으로 물품으로 들어올 줄은 몰랐다.

　더욱이 와린 남긴 말 중 영웅 세크의 안배라고 했기 때문에 어째서 올브람의 저서가 보상으로 들어왔는지는 감이 잡히지 않아 혼란스럽기만 했다.

　하지만 가만 생각하니 와린이 직접 올브람을 만난 적 있다고 했기에 어쩌면 이것도 가능하리란 생각이 들었다.

치호는 여러 가지 상념이 들었지만, 얼른 책을 펼쳐 내용을 살폈다.

[…이 책을 보는 자 또한 이 세계에 대한 진실이 궁금했기에 집요하게 진실을 탐구하는 자일 터, 그런 자를 위해 나의 흔적을 남긴다…(중략)… 나는 세크의 흔적을 찾아 여행을 떠났고 그사이 일어난 슬픔의 연쇄에 대해 깊은 의문을 가지게 되었다.

분명 다른 필드에서 일어난 사건들이 연결되어 있는 것에 의문이 들었기 때문이다. 그리고 그것을 추적한 결과 와린에게 닿게 되었다.

그에게 들은 사실 하나.

이 세계가 원래는 하나의 세계였다는 걸 알게 되었다.

전설의 시대는 지금처럼 찢겨진 세계, 필드의 세계가 아니었다. 누군가에 의해 이 세계는 찢겨 필드로 나누어진 것이다.

…(중략)…

그들은 어째서 그런 선택을 할 수밖에 없었는지 왜 그들 스스로를 희생해 가면서까지 그 일을 이루려고 하는지 도무지 납득을 할수 없었다… (중략)… 와린을 만나 진실 일부를 들었을 때 나는 그들의 비원, 그들이 진정으로 원했던 것을 알게 되었다.

…(중략)…

하지만 그와 동시에 그 비원을 이루기 위해 희생된 것들이 정당

화될 것인가는 아직 이해할 수 없었다.

그들은 말했다.

인간은 그들의 손에서 벗어나야 한다고.

와린이 말하는 그들이란 이 필드를 지배하고 있는 존재들인가.

아니면 그 상위의 존재들인가.

와린은 말을 아꼈다. 하지만 나는 그 상위의 존재일 것이라 확신한다…(중략)… 와린은 점점 약해지고 있다고 말했다. 그가 부탁했다. 언젠가 자신이 힘을 완전히 잃게 되는 날 자신의 친우 벨리안의 가문을 지켜 달라고.

하지만 내게는 그런 힘이 없다. 하여 이 책을 쥔 자에게 부탁한다. 그대가 이 책의 일부를 손에 넣었다면 분명 와린이 힘을 완전히 잃었을 터, 벨리안의 가문에게 필드의 정수를 제공해 주기를 바란다.

벨리안의 후손에게 필드의 정수가 닿았을 때 그대에게 새로운 길이 제시될 것이다. 그대가 진정으로 진실을 탐구하는 탐색자라면 나의 작은 부탁을 들어주길 빈다.]

―가벤티아 올브람의 저서 '비원' 중 일부

"찢겨졌다고?"

치호는 '비원'에 나온 내용 중 다른 것은 차치하고서라도 세계가 원래 하나의 세계였다는 것은 넘기기 힘들었다.

그러나 곰곰이 생각해 보니 오히려 그렇게 생각하는 게 이 치에 맞다.

'달무르'의 일에서부터 '바르시', '셸렌', '벨리안'까지 그 외에 도 수많은 사건들이 하나의 세계 동시대에 이루어진 일이라고 하면 이해가 갔다.

하지만 치호의 등골을 오싹하게 만드는 것은 겨우 그런 내 용이 아니었다.

어째서 그 간단한 생각을 하지 못했는가 하는 점이었다.

'어째서지?'

간단하지만 간단하지 않은 이 사실을 어째서 떠올리지 못 했던 것일까.

지금껏 이 세계에 대해서 생각하면서도 단 한 번도 이 필드 가 통합된 하나의 세계였다는 것을 염두에 두지 않았다. 마치 누군가가 그런 생각의 선택지를 제거한 것처럼 전혀 그런 가 능성을 배제하고 있던 것이다.

'설마……'

치호는 문득 생각을 지배당하고 있다는 생각이 든 것이다.

과거 치호가 처리했던 '롭'이 떠올랐다.

롭은 치호를 거점으로 안내하고 '죽음의 서약'까지 쓰며 목 숨을 구걸했지만 결국 치호에게 처리당한 인물이다.

그가 죽어야 했던 이유.

그가 가진 스킬 때문이었다.

안타의 동정.

동정심을 유발하는 스킬.

생각해 보면 우스운 스킬이지만 그 스킬에 치호는 자신도
모르게 그를 살렸다. 그것도 인식조차 하지 못한 채로.

감정을 조절하는 스킬은 그래서 위험하다. 자신이 행동하
고 결정한 것처럼 착각하게 만들기 때문이다. 그렇기에 치호
는 녀석을 가차 없이 처리했다.

그렇다면 이번 경우도 마찬가지다.

만약 누군가가 전 필드에 걸쳐 스킬을 사용하고 있는 것이
라면? 전 필드가 하나의 세계였다는 것을 인지하지 못하도록
하는 것은 아닐까 하는 생각이 들었다.

비단 감시자에게 행동이 감시되는 것뿐만 아니라 생각의 흐
름까지 제어당하고 있다고 생각하니 소름이 돋았다.

지금껏 살아오면서 단 한 번도 느껴보지 못한 감정이었다.
과연 이 세계를 만든 자들은 치호의 상상을 초월하는 힘을
가진 자들인 것 같았다.

하지만 치호는 소름이 돋는 동시에 어딘지 모를 호승심이

치밀었다. 그간 제대로 느껴본 적 없는 감정이었다.

'그래… 그 정도는 돼야지 않겠어?'

만약 다른 테스터였다면 이 사실을 접하고 미치거나 혹은 힘의 차이를 느끼고 절망했을지 모른다.

타인의 생각을 조정할 수 있는 능력이라니.

하지만 치호는 재미있다는 듯 미소를 띠고 있었다. 마치 제대로 된 적수를 만난 듯 말이다.

치호는 잠시 치밀어 오르는 호승심에 자신도 모르게 검은 연기가 발치를 점령했지만 이내 정신을 가다듬고 마음을 다 잡았다.

'클레디안에게 정수를 건네라 이건가?'

클레디안과는 영영 이별일 줄 알았는데 다시 한 번 만나야 할 것 같았다. 세이카의 일 때문에 꺼려지긴 하지만 그것은 그녀 스스로가 자처한 일.

어쩔 수 없는 일이다.

하나 만약 그가 태도가 적대적이라 해도 상관없다.

어차피 필드의 정수만 건네면 되는 일.

그리 어려울 건 없어 보였다.

치호가 생각을 정리하고 나머지 물품과 메시지를 확인하려 할 때 메이와 대진이 치호 곁에 도착했다.

"그렇지! 이것 보라고! 크하하하!"

"아저씨! 물품이 엄청 들어와요! 간만에 대박이에요!"

"드디어 내게도 전설 등급 장비가! 치호, 정말 고생했어!"

"치호 아저씨랑 만나기만 하면 전설 등급 무구가 생기네요? 헤헤. 뭐… 목숨은 간당간당하지만요."

"야이 계집애야. 어차피 필드에서 오늘 죽을지 내일 죽을지 모르는데 그런 소리가 나와?"

두 사람은 치호 앞에 와서 물품들을 자랑하기 시작했다. 오래간만에 얻은 전설 등급 물품이라 그런지 설레는 감정을 감추지 않고 기뻐했다.

"그나저나 저 와린… 사람 형태를 할 수도 있는 건가? 앞으로 저런 괴물이 나타날 수도 있으니 조심해야겠어."

"그러게요. 다음 필드가 벌써부터 걱정이네요. 괴물들이 점점 다양해지니까요. 가만 보면 첫 번째 필드가 참 널널했죠."

"그래도 거긴 아무것도 없는데? 그게 사람 사는 데야?"

"헤헤. 그… 그런가요?"

그런 두 사람을 보니 치호 역시 기분이 풀리는 것 같은 느낌이 들었다. 어쩌면 두 사람 덕에 이번 전투에서 제정신을 유지했는지도 몰랐다.

그렇게 생각하니 두 사람이 더없이 소중하게 느껴졌다.

치호가 두 사람을 바라보고 있을 때 대진과 메이는 치호의 검은 불길에 타오르고 있는 와린의 사체를 보고 있었다.

"아깝긴 하네요. 활활 잘도 타오르네."

"그러게 말이야. 저 가죽이면 내 채찍을 아주 좋은 놈으로 제작할 수도 있었을 텐데 말이야.

"하긴 용암을 마치 물처럼 마시고 용암 위에서 물장구치던 녀석이었으니까요. 열에 대한 내성 하나는 끝내주겠네요."

치호는 두 사람의 대화를 들으면서 웃음 지었다. 대진의 경우는 그렇다 치더라도 메이는 첫 번째 필드에서 키테그람의 사체를 가지고 질겁했었는데 지금 보니 많이 변한 것 같았다. 사체가 아깝다는 생각을 다하는 걸 보면 말이다.

그런 변화는 이런 필드에서는 긍정적인 변화이기 때문에 그저 할아버지가 손녀를 바라보는 심정으로 기특하게 바라볼 뿐이었다.

치호는 그런 두 사람에게 나서며 말했다.

"여기, 와린의 꼬리다."

"뭣? 꼬리? 정말?"

대진은 황급히 치호가 건네는 와린의 꼬리를 받아들었다. 사실 와린의 사체는 재가 되거나 사라지지 않아야 정상이지만 치호가 투사의 발걸음을 이용한 검은 불길로 와린의 사체를 태워 버린 것이다.

치호는 와린이 오랜 시간을 버텨왔다는 것을 알기에 차마 그의 사체를 가르고 가죽을 채취해 뼈를 꺼내는 짓을 하고 싶지 않았다.

그렇기에 치호는 와린이 숨이 끊어진 후에도 〈투사의 발걸음〉 효과를 끄지 않고 사체를 모조리 태워 버린 것이다.

그나마 와린의 꼬리는 전투 중에 떨어져 나온 것으로 대진이 생각나 따로 챙겨둔 것이다.

치호는 기뻐하는 대진과 메이를 보며 말했다.

"잠깐 클레디안에게 들러야 할 것 같군."

"클레디안에게요?"

"나도 이 꼬리를 가공하기 위해서 녀석에게 들렀으면 좋긴 하겠는데… 녀석이 우리를 반길지 어떨지 모르겠네. 우리가 한 짓이 있잖아?"

"그러게요. 꼭 가야 하는 거예요?"

치호는 말없이 고개를 끄덕일 뿐이었다. 진실에 조금 더 다가가려면 반드시 거쳐야 하는 일이기에 다음 필드로 넘어가는 것은 조금 미루어야 했다.

잠시 고민하던 메이는 결정하듯 말했다.

"그래요! 한 번 찾아가서 이야기는 해봐야죠. 생각해 보니 그냥 이대로 다음 필드로 떠나는 것도 아닌 것 같아요."

"음… 그것도 그런가? 하긴… 그것도 그렇군. 좋아, 클레디안에게 가자고."

두 사람은 치호의 의견에 흔쾌히 동의했고 다시금 시노프를 향해 걸음을 옮겼다.

치호는 시노프를 향해 걸어가면서도 조금 전까지 와린의 사체가 타오른 흔적과 연기를 보면서 알 수 없는 표정을 지을 뿐이었다.

"이제야 좀 살겠군. 정말."

"그러게요. 슬슬 〈상티의 향상〉이 제 기능을 하나 봐요. 이제 슬슬 더위가 좀 가시네요. 휴우."

와린이 있던 화산과 점점 멀어지자 더위가 가시는 듯했다. 와린이 죽어서 더위가 가시는 것인지 화산과 멀어져서 더위가 가시는지 정확하지는 않았지만 세 사람에게 더위가 가시는 것만으로도 이동하는데 충분히 도움이 되었다.

그만큼 화산 주변에서의 더위는 살인적이었으니까.

"그런데… 시노프에 그냥 이대로 가도 되는 걸까요?"

"응? 안될 건 뭐야?"

"아니… 그 왜 있잖아요. 우리가 그 사람들의 부탁을 거절하고 와린에게 왔잖아요. 혹시 사람들이 앙심 같은 걸 품고 있진 않을까 해서요."

"앙심? 어째서? 우리 덕에 자기들 목숨 구해줬는데 설마 그렇게까지 하려고. 그렇지, 치호?"

대진은 메이의 말을 받으면서도 약간은 불안했는지 치호에게 확인 차 물었다. 하지만 치호 역시 확실한 대답은 해주지 못했다. 이곳은 테스트 필드이기 때문에 무엇 하나 확실한 게 없기 때문이다.

"글쎄, 우리가 와린을 처리하는 사이 개척 거점 시노프를 괴물들이 다시금 덮쳤다면… 그럴 수도 있겠지."

"에이… 설마 그러려고. 그래도 시노프를 괴물들이 덮치진 않았으면 좋겠군. 뭐, 그 녀석들의 앙심이 무섭다는 게 아니라 도의적으로 말이야. 지친 상태에서 공격을 받으면 나라도 짜증이 나지."

치호와 대진이 두런두런 이야기하고 있을 때 메이가 끼어들며 치호에게 아쉬운 듯 말했다.

"그나저나 치호 아저씨, 지난번에도 그렇고 이번에도 새롭게 개척을 해버렸네요. 아저씨랑 만나면 개척만 하는 것 같아요. 헤헤."

"그런가? 대진에겐 미안하게 됐어."

"그러고 보니 '영광의 기록서'에 이름을 추가할 기회였는데! 제길, 두고 봐. 언젠가 내가 '유대진' 이름 석 자를 기록서에 박아 넣을 테니. 기록서에 이름 없는 사람은 서러워서 살겠어?"

"에휴, 대진 아저씨. 그거 좋은 거 아니라니까요? 보상이라고는 개뿔 이상한 코인 하나 던져주는 게 고작이라니까요? 아직 쓸모도 모르겠고… 손해에요. 손해."

치호 일행은 이번에 필드의 지배자 와린을 처리하며 '영광의 기록서'에 이름을 등재할 수 있는 기회를 얻었지만 거부했다. 보상도 아직 어디에 쓰이는 지 모르는 이상한 코인이나 하나 주는 것 말고는 특별한 보상이 없었기 때문이다.

하지만 대진은 아직 '영광의 기록서'에 이름을 올린 적 없었기 때문에 아직은 기록서에 이름을 올리길 원하는 눈치였다. 더욱이 대진을 제외한 두 사람은 이미 기록서에 이름을 올려둔 상태라 대진은 더 조급하게 느낀 것이다.

"아무튼, 기다려봐. 나중에 내 이름이 꼭 올라갈 테니까. 흠흠."

"그래, 기대하지."

치호는 그런 대진을 보며 피식 웃고는 다시 시노프를 향하는 발걸음을 옮겼다. 지난번에 얻은 물품과 스킬을 확인하면서 가면 그다지 지루할 것 같지는 않았다.

*   *   *

〈영혼의 메아리(5) - 에픽 등급 물품〉

- 효과: 해당 물품을 소유하고 있는 테스터 간의 통신을 가능

하게 합니다. 서로 다른 필드에 있더라도 영혼의 메아리는 소유자에게 깊은 울림을 줄 것입니다.

― 내용: 본래 감시자 전용 물품이나 영웅 세크가 자신을 감시하는 감시자들을 죽이고 획득한 물품으로 장인 벨리안의 손을 거쳐 테스터도 사용할 수 있게 변형되었다.

'호오… 감시자들의 물품? 재미있군.'

과연 에픽 등급의 물품답게 아주 쓸 만한 아이템이 나온 것 같았다. 마침 이런 종류의 아이템이 필요하던 차에 원하던 물품이 나온 것이다.

'이걸로 걱정은 하나 덜었군.'

치호는 이번에도 다음 필드로 넘어가면 대진과 메이와 헤어지는 것이 내심 걱정이었다. 함께한 시간도 적지 않은데 다음 필드로 넘어가면서 다시 헤어지면 또 언제 만날 수 있을지 기약할 수 없기 때문이다.

특히 메이의 경우 첫 번째 필드에서 헤어진 후 세 번째 필드에서 겨우 만났기 때문에 이번에 헤어지면 또 어디서 만날 수 있을지 행방이 묘연해질 것이 뻔했다.

그렇게 되면 메이의 말대로 '영광의 기록서'를 통해 서로 간의 생사나 확인해야 했을 것이다.

더욱이 다음 필드에는 더 강한 녀석들이 즐비할 터, 아무래도 걱정이 되는 것은 어쩔 수 없었다. 메이도 메이지만 호기심이니 어쩌니 하면서 사고를 일으킬 여지가 다분한 대진 역시 불안했기 때문에 내심 걱정하고 있던 것이다.

하지만 이번에 얻은 '영혼의 메아리'란 물품으로 다음 필드에 넘어가서도 서로의 위치를 확인할 수 있다면 빠른 시일 내로 합류가 가능할 것이니 최소한의 장치는 마련해 둘 수 있을 것 같았다.

치호는 물품을 두 사람에게 건네기 전에 스킬을 확인했다. 두 사람에게 물품에 관해서 설명하고 사용법을 숙지하려면 시간을 지체할 것 같아 먼저 스킬부터 확인하는 게 좋을 것 같았기 때문이다.

〈세뮬라의 마력검 ― 발동형〉

― 내용: 라만트의 괴물 사냥꾼 세뮬라는 점차 대형화되는 괴물들을 사냥하기 위해 마력을 뭉쳐 검의 길이를 늘이는 것에 성공했습니다. 그가 만든 마력검은 검의 절삭력을 극한으로 끌어올리는 것뿐 아니라 검의 무게 변화 없이 검의 속성력을 이용해 길이를 늘이고 형태를 변화시키는 경지에 이르렀습니다. 이 위대한 경지의 업적을 기리고자 등록된 스킬.

― 효과: 검에 마력을 덧씌워 검의 길이를 늘이고 형태를 변화시

켜 절삭력을 높입니다.

　— 소모 자원: 100

　— 숙련도: (0/10)

　〈마력을 추가 사용하면 검의 길이가 늘어납니다.〉

　'길이라… 하긴, 요즘 버겁긴 했는데 때마침 쓸 만한 스킬이 나왔군. 하지만 흠이 있다면 마력이 너무 많이 들어.'

　새로 획득한 스킬은 아직 사용해 보지 않아 정확하게 감은 오지 않지만 기존의 치호가 검은 힘을 '파멸의 조각'에 흘려보내 검을 더욱 강화시켰던 것과 비슷한 종류의 기술인 것 같았다.

　다만 이 스킬은 검의 속성력과 마력을 혼합하는 것 같았다. 더욱이 검의 길이까지 늘일 수 있다면 꽤나 쓸 만할 것 같았다. 요즘 괴물들이 점점 대형화되어 단번에 녀석들을 베는데 어려움을 겪었기 때문이다.

　치호가 아무리 공격을 한다 한들 녀석들의 몸체에 비해 검이 너무 짧아 죽음에 이르는 치명상을 입히기가 힘들었던 것이다.

　그런 상황에서 검의 길이를 늘일 수만 있어도 큰 도움이 될 것 같기에 마음에 든 것이다. 더욱이 무게 변화 또한 전혀 없다고 하니 다음 괴물 사냥 때는 기대해 봐도 좋을 것 같았다.

치호는 스킬에 대해 생각을 하다가 이내 생각을 정리하고 대진과 메이를 불렀다.

두 사람에게 〈영혼의 메아리〉를 건네야 하기 때문이었다.

"대진, 메이. 이거 받아."

치호는 두 사람에게 각각 하나씩 〈영혼의 메아리〉를 건넸다.

〈영혼의 메아리〉 메아리는 귀걸이처럼 보였는데 아무래도 한쪽씩 착용해야 하는 것 같았다.

"응? 이게 뭐야? 웬 귀걸이? 남자가 무슨 귀걸이야?"

"어머? 치호 아저씨. 이런 것 안 줘도 되는데… 헤헤."

치호는 두 사람의 뜬금없는 대답에 이마를 짚으며 한숨을 쉬었다. 두 사람 다 덜렁대는 게 똑같아 보였다. 가만 살펴보면 아이템의 설명이 떠오를 텐데 그걸 참지 못하고 헛소리를 해대는 걸 보면 말이다.

"잔소리 말고 착용해. 물품 효과 보면 대충 어떤 건지 알겠지?"

"물품 효과? 어디 보자… 어? 어! 에… 에픽?"

"와… 치호 아저씨. 이거 대박인데요? 와린을 처리하고 보상으로 준 거예요?"

"그래. 쓸 만한 것 같으니까 각자 나눠서 착용하자고."

치호는 그렇게 말하며 〈영혼의 메아리〉를 한쪽 귀에 착용했다. 대진과 메이도 치호가 착용하는 걸 보고 같은 방식으로 착용하자 눈앞에 메시지가 떠오르기 시작했다.

〈테스터 유대진, 테스터 메이가 영혼의 메아리를 착용하고 있습니다. 그들의 메아리를 듣겠습니까?〉

"그래."

치호는 재빨리 수락했고 두 사람도 치호를 따라했다. 처음에는 어떻게 사용하는 방법인 줄 몰라 이것저것 실험해 보니 그저 이름을 붙인 후 말을 하면 되는 것 같았다.

〈영혼의 메아리〉의 효과는 말이 귀로 들리는 게 아니라 마치 머리에서 직접 울리는 듯 들려 기묘한 느낌을 자아냈다. 멀리 떨어져 있는데도 마치 곁에 있는 것처럼 느껴지게 만드는 아이템이었다.

세 사람은 〈영혼의 메아리〉에 어느 정도 익숙해지자 메이가 방긋 웃으며 치호에게 말했다.

"치호 아저씨, 에픽 아이템은 처음 보는데… 정말 좋네요. 헤헤. 그럼 이제는 헤어질 필요가 없겠죠? 지난번처럼요."

"맞아. 다음 필드에 넘어가서 흩어지면 얼른 다시 뭉치자고! 너희 같은 녀석들을 만나기도 쉽지 않으니까 말이야. 게다가 치호 너만 따라다니면 뭔가 호기심이 팍팍 차오르거든. 하하하."

대진도 아이템을 얻어 기분이 좋은지 연신 웃음을 짓고 있었다. 더욱이 처음 가지는 에픽 등급 아이템이라서 그런지 두 사람에게는 미소가 끊이질 않았다.

세 사람이 아이템에 대해서 이것저것 실험을 하는 사이 어느새 치호의 시야에 거점 도시 시노프가 보이기 시작했다.

"메이, 클레디안이 시노프에 남아 있을까?"

"음… 글쎄요? 클레디안이 그대로 있어야 할 텐데요."

"이놈 이거 딴 곳으로 가버리면 또 언제 찾는다? 이런 제길."

두 사람의 대화를 듣는 치호 역시 클레디안이 아직 시노프에 남아 있을 것인가에 대해 불안했는지 걸음을 빨리했다.

클레디안을 만나야 하는데 만약 다른 곳으로 떠났다면 그건 또 그것대로 골치일 것이다. 반드시 클레디안을 만나야 하는 치호로서는 그다지 반길 일은 아니었기 때문에 서둘러 시노프로 향했다.

"그나마 다행이군, 빠르게 복구하는 것 같아."

"정말요. 그리고 괴물들도 이후에는 들이닥치지 않았나 봐요. 사람들 표정이 그렇게 무겁지 않은 걸 보면 말이에요."

"뭐 다시 들이칠 생각을 못한 거겠지. 괴물들은 원래 그게 정상이잖아? 지난번 카바토 때가 이상한 거였지. 으… 그때 생각만 하면 아주 소름이 다 끼치는군."

세 사람은 개척 거점 시노프에 들어가 잠시 주변을 둘러보면서 빠르게 클레디안의 집으로 향했다. 사람들과 눈이라도 마주쳐 알아보는 사람이라도 나오는 날엔 사람들이 몰려들거나 하는 귀찮은 일이 생길까 봐 고개를 숙이고 빠르게 이동한 것이다.

지금은 일단 클레디안의 여부를 확인하는 게 좋을 것 같았다. 시노프의 상태는 지금이 아니라도 충분히 둘러볼 수 있으니 말이다.

*　　　　　*　　　　　*

똑똑똑.

세 사람이 클레디안의 집에 도착해 조심스레 문을 두들겼다. 하지만 집 안에서는 아무도 없는지 기척이 느껴지는 것 같지 않았다.

"치호 아저씨, 아무도 없는 거 아니에요?"

"아니… 있다. 다행이군."

치호는 〈광인의 영역 선포〉의 감지 효과를 통해 집에 있는 한 사람의 기척을 느낄 수 있었기에 과감하게 문을 열고 들어갔다. 문은 잠겨 있지도 않아 굳이 힘을 쓸 필요도 없었다.

집 안에 들어가자 톡 쏘는 술 냄새와 함께 클레디안이 테이블에 술병을 잔뜩 올려놓고 한 잔씩 홀짝이고 있었다.

그러더니 잠시 세 사람을 보고는 쓴웃음을 지으며 말했다.

"결국… 성공했군. 자네들… 후우."

클레디안은 그렇게 말하고 쓸쓸히 술잔에 술을 채워 단숨에 들이켰다.

다시 찾은 클레디안은 지난번 헤어졌을 때와는 다르게 많이 수척해진 상태였고 수염도 자르지 않아 덥수룩하게 자라나 있었다. 아무래도 클레디안은 세이카가 무엇을 하려는지 알고 있었던 것 같았다.

"클레디안… 미안해요. 어쩔 수 없었어요."

메이가 그런 클레디안에게 다가가 말을 걸었지만, 클레디안은 그저 쓴웃음을 지으며 말했다.

"과연 어머니의 말씀대로군. 하긴 자네랑 무구를 수리하면서 어느 정도 예측은 했소만… 정말 카바토와 와린 둘 다 쓰러뜨릴 줄은… 크크."

"그게 무슨 의미지?"

"어머니가 그러시더군. 이번이 어쩌면 마지막 기회일지도 모른다고. 이 저주받은 운명을 끊을 수 있는 마지막 기회라고 말이오."

말을 하면서 술을 들이켜는 클레디안의 모습을 보며 치호는 어쩐지 그 뒤는 말하지 않아도 알 것 같았다. 이미 세이카가 말한 것들이기 때문이다. 하지만 클레디안은 뭔가 다른 소리를 하기 시작했다.

"어머니는 당신들을 믿었소. 감시자가 직접 모습을 드러냈을 때부터 뭔가 이번에는 뭔가 다르다는 것을 깨달으셨지. 그래서 모든 것을 거신 것이오. 목숨까지도… 제길."

"과연… 그랬군."

치호의 예상이 얼추 맞아떨어졌다. 그녀, 세이카는 이미 어느 정도 상황을 예측하였던 것 같았다. 세이카가 죽음을 마주하며 보여주었던 미소는 그런 의미였던가 하고 다시 한 번 그녀를 곱씹을 뿐이었다.

"당신들이 와린에게 갈 것이란 것은 틀림없는 사실… 그렇다면 와린 이후의 지배자는 카바토가 될 것이 뻔한 것. 그렇게 되면 감시자의 편에 선 카바토가 우릴 그대로 둘 리가 없으니… 나 하나라도 살아야 한다며 직접 카바토를 이끄셨소. 당신들이 결국 승리할 것을 알면서도 말이오."

클레디안은 말을 하면서도 술을 마시는 것을 멈추지 않았다. 그저 어머니의 죽음을 슬퍼하는 게 아니라 어머니의 목숨으로 인해 자신이 연명하는 것에 대해 슬퍼하는 것 같았다.

세이카가 자신의 목숨을 버려가면서까지 클레디안의 목숨을 구한 것이나 마찬가지여서 스스로 목숨도 끊지 못하고 술로 아픈 가슴을 달래는 것 같았다.

치호는 그런 클레디안을 보며 어떤 위로의 말도 건넬 수가 없었다. 일이야 어찌되었건 결국 그녀의 최후를 본 사람은 치호였기 때문에 함부로 말을 할 수 없었다. 잠시 무거운 분위기가 찾아왔을 때 클레디안이 남은 술을 비워내며 치호에게 말했다.

"한데… 다음 필드로 가면 될 것이지 내게 다시 찾아온 이유는 무엇이오? 더 이상 내게 볼 일은 없을 텐데?"

클레디안의 물음에 치호는 선뜻 용건을 말하지 못했지만, 그래도 할 말은 해야 했기에 크게 숨을 내쉰 후 이야기하기 시작했다.

"실은 건넬 물건이 있다."

"물건?"

치호는 인벤토리에서 '필드의 정수' 하나를 꺼내 클레디안에게 건네며 말했다.

"이건 필드의 정수란 물건이다. 와린이 네게 가져다주라더군."

치호는 '필드의 정수'를 건네며 퀘스트가 어쩌니 하는 이야기는 하지 않았다. 어머니를 잃은 클레디안에게 구구절절하게 퀘스트니 뭐니 하는 이야기를 늘어놓는 것도 별로 내키지 않았기 때문이다.

클레디안이 치호가 건네는 '필드의 정수'를 건네받자 동시에 치호의 눈앞에 새로운 메시지가 떠오르기 시작했다.

[에픽 퀘스트 — 여정의 장]

— 발동 조건:

1. 필드의 지배자 와린에게 인정받은 자.

2. 진실의 조각을 소유한 자.

3. 벨리안의 후손에게 필드의 정수를 건넨 자.

— 내용:

와린에게 인정받고 올브람의 마지막 바람을 들어준 당신은 이 퀘스트를 받을 자격이 충분합니다. 진실의 파편을 얻었다면 이 세계에 대하여 조금은 눈을 떴을 것입니다. 하지만 그것만으로는 부족합니다. 흩어진 진실의 파편을 모으세요. 남은 진실의 파편을 모았을 때 진정한 이 세계의 일면을 알게 될 것입니다.

네 번째 필드에 위치한 영원의 싸움터 수트람으로 가세요. 그곳에 또 다른 진실이 잠들어 있습니다.

'수트람이라……'

지난번 진실의 땅 에비안에 이어서 이번에는 목적지가 수트람이었다. 수트람에서 또 어떤 일이 벌어질지 모르지만 이번에 진실의 파편이란 것이 마음에 들었기 때문에 꼭 들러야 할 것 같았다. 그곳에서 무슨 일이 있든 말이다.

치호가 새롭게 떠오른 에픽 퀘스트를 보며 생각을 정리할 때 '필드의 정수'를 이리저리 살펴보던 클레디안이 갑자기 크게 웃으며 말했다.

"크하하하! 과연… 그런 것이군."

갑작스러운 클레디안의 웃음소리에 당황한 치호가 클레디안을 말없이 바라보자 클레디안이 치호의 눈빛에 화답하듯 말을 잇기 시작했다.

"이걸 와린이 내게 가져다주라고 했소?"

"…그래. 난 그냥 전달 의뢰를 받았을 뿐 많은 것은 알지 못한다. 문제 있나?"

치호는 키테그람과 오그리모를 처치하며 얻은 '필드의 정수'도 가지고 있지만, 굳이 이야기하지 않았다. 그리고 효과와 내용이 미확인 처리가 되어 있는 '필드의 정수'는 정말 어디에 쓰이는지 몰랐기 때문에 함부로 말할 수도 없었다.

클레디안의 태도에 어떻게 대해야 할지 몰라 망설이고 있을 때 클레디안이 치호에게 말했다.

"끝까지 날 비참하게 만드는군……. 치호, 당신에게 부탁 하나만 하겠소. 혹 들어줄 수 있소?"

"부탁? 내가 할 수 있는 것이라면 생각해 보지."

치호는 갑자기 클레디안이 부탁이라는 말을 꺼내자 쉽게 거절할 수 없었다. 결과야 어찌되었건 클레디안 덕에 와린의 화산에서 열기를 견뎌낼 수 있었고 그 결과 와린을 처치하고 퀘스트까지 완료했으니 쉽게 거절할 수 없었다.

더욱이 세이카의 일까지 겹치니 클레디안의 부탁을 거절할 명분이 서지 않은 것이다.

"이 필드의 정수를 가지고 물건을 만들 것이오. 혹 도와줄 수 있겠소?"

"물건?"

"그렇소. 이 물품이 내게 들어온 이유를 알겠군. 흥… 날 얼마나 비참하게 만들 생각인지, 부탁하오. 일전에 당신 솜씨가 필요하오. 나 혼자만으로는 힘들 것 같소."

"흠… 좋아. 그렇게 하도록 하지."

치호는 여장을 풀고 대진과 메이에게 상황을 설명했다. 그러자 두 사람도 흔쾌히 동의했다. 그들도 클레디안에게는 마음의 짐이 있었기에 흔쾌히 동의한 것이다.

"메이, 당분간은 여기서 좀 쉬자고 우리도."

"그것도 좋겠네요. 이번에 여간 힘든 게 아니었잖아요? 다음 필드로 넘어가면 또 무슨 일이 있을 줄 모르는데 여기서 좀 쉬었다 가는 것도 좋을 것 같아요."

대진과 메이는 두런두런 이야기를 나누며 여장을 풀기 시작했다.

클레디안은 세 사람이 나누는 이야기를 듣고 마음이 놓였다는 듯 치호에게 말했다.

"난 먼저 지하실로 내려가 있겠소. 준비되면 내려오시오."

"알았다. 준비하고 내려가지."

치호는 그렇게 말하고는 대진과 메이에게 네 번째 필드로 떠날 준비를 부탁했다. 아무래도 클레디안과 작업을 하다 보면 따로 장비를 보급할 수 없기에 부탁해 둔 것이다.

"걱정하지 말고 클레디안의 부탁이나 제대로 들어줘."

"돈이 부족하면……."

"어허! 이번에 와린을 처리하면서 얻은 돈이 충분하니 걱정하지 말고 클레디안이나 잘 챙겨. 안 그래도 힘들 텐데 말이야."

"치호 아저씨, 그런 걱정은 마시고 어서 내려가세요. 나머지는 저희 둘이 알아서 준비해 놓을게요. 헤헤."

"고맙다. 그리고 시노프에서는 조심히 다녀. 아무래도 일이 꼬일 수도 있으니까."

"응, 알았어. 걱정하지 말고 어서 내려가. 클레디안이 자네 기다리다가 목이 빠지겠군."

치호는 대진과 메이가 혹시 시노프에서 귀찮은 일에 연루될까 걱정하는 눈치였지만 걱정하지 말라는 두 사람의 말을 믿기로 했다. 치호 역시 들어오면서 슬쩍 본 시노프의 분위기는 그렇게 무겁지만은 않았기에 크게 문제될 것은 없을 것 같았다.

그저 노파심에 말한 것인데 두 사람이 호언장담하니 어느 정도 마음이 놓였다.

치호는 지하실로 내려가면서 스킬 변환 창을 열었다. 그리고 눈에 띄는 메시지를 보고 눈살을 찌푸렸다.

[방어술 변환률 21%…….]

대장기술을 변환이 완료된 후 무엇을 변환할지 결정을 하기도 전에 대진이 하도 빨리 떠나야 한다고 닦달했기에 눈에 띄는 것을 적당히 선택했기 때문이다.

'방어술이라… 제길. '진실의 조각'의 내용을 미리 알았더라면 정신단련을 변환시켜 두는 것인데… 잘못 선택했어.'

치호는 변환 경험을 선택할 때 방어술은 가장 무난했기에 선택했는데 지금은 그 선택이 다소 아쉬워졌다. 하지만 과연 전투에 관련된 스킬이라서 그런지 그 사이 빠른 속도로 변환이 진행되는 것 같았다.

'이번 변환이 끝나면 정신단련을 선택해야겠어. 지금도 감시자들의 기술에 영향을 받고 있는지도 몰라.'

치호는 뭔가 특단의 대책이 필요하다고 느꼈으나 별다른 대책이 없었다. 다음 변환 경험을 '정신단련'으로 미리 결정해 둔 것은 혹시라도 효과가 있을까 할 뿐이지 어떠한 확신은 없었다.

그렇기에 조금 답답한 마음이 들었지만 '진실의 조각'을 모두 모으면 어떤 식으로든 방법이 있지 않을까 하는 생각도 들었다.

감시자들과 이 세계를 이렇게 찢어놓은 자들에 대해 생각을 한번 하기 시작하니 머리가 복잡해졌지만 클레디안의 목소리에 그런 상념을 지울 수 있었다.

"후… 고맙소. 치호."

"괜찮아. 우리 장비들도 도움을 줬는데 이 정도 도움을 못 줄까. 그리고 세이카의 일은 힘들겠지만, 가슴에 묻어. 그녀의 마지막 떠나는 얼굴은 행복했으니까."

"후후… 그렇소? 어머니가 마지막은 편하셨다니 다행이군. 일평생을 고통받으며 살아오신 분이거든."

치호는 세이카의 마지막 모습을 클레디안에게 전했다. 다른 이라면 몰라도 클레디안은 그것을 들을 자격이 있었기 때문이다.

"고맙소. 그나마 마음이 조금은 가벼워졌소."

"힘들겠지만 버텨라. 시간이 지나면 좀 더 나아질 거야."

클레디안은 치호의 말에 고개를 끄덕이며 장비를 준비했다. 진정 '필드의 정수'를 가지고 무언가를 만들 생각인 것 같았다. 필드의 정수는 가공되지 않은 원석처럼 생겼는데 이것을 어디에 사용할지 도무지 감이 잡히지 않았기에 치호는 조심스레 클레디안에게 물었다.

"클레디안, 하나만 묻지. 이 필드의 정수를 가지고 무엇을 만들 생각이지?"

"필드의 정수라는 물건, 이게 왜 나에게 전달되었는지 아시오?"

"글쎄… 난 그저 부탁받았을 뿐이니까."

"이 물건이 감시자의 눈을 피할 수 있는, 아니 신의 눈을 피할 수 있는 물건이기 때문에 내게 온 것이오."

치호는 클레디안의 말에 어리둥절해져 다시 한 번 물었다.

"필드의 정수를 이용하면 그들의 눈을 피할 수 있다고?"

"그렇소. 우리 가문에 전해지는 비전이 있지. 난 그것을 배울 때 재료도 구할 수 없는, 이딴 걸 만드는 방법을 배워봐야 무슨 쓸모가 있나 하고 툴툴거렸는데… 내가 그 물건을 직접 만들게 될 줄은 몰랐소."

클레디안의 말을 들으니 정말 무언가 방법이 있는 것 같았
다.

저렇게 확신에 찬 표정을 보면 말이다. 치호가 클레디안의
말에 대해 믿을 수 없다는 듯 의아한 표정을 지을 때 클레디
안이 다시금 치호에게 말했다.

"내가 지금부터 만들 것은 '등불 호신부'. 신의 눈을 속이는
목걸이오."

제3장
필드의 정수 II

"내가 지금부터 만들 것은 '등불 호신부'. 신의 눈을 속이는 목걸이오."

치호는 클레디안의 말을 듣고 어째서 올브람이 이것을 '필드의 정수'를 벨리안의 후손에게 가져다주라고 했는지 알 것 같았다.

와린이 죽었다는 것은 즉 벨리안의 후손을 보호해 줄 최후의 보호막이 사라졌다는 의미와 같았다. 그러면 그가 죽고 나서 감시자들의 눈을 피할 무엇인가의 장치가 필요했음이 틀림없다.

그 장치가 바로 '등불 호신부'.

비록 와린의 힘이 약해져 한발 먼저 감시자들에게 소재가 파악되고 말았지만, 클레디안이 말하는 것이 사실이라면 감시자들에게서 클레디안이 목숨을 부지하는 것은 일도 아닌 것 같았다.

치호는 가만히 생각하다가 이왕 만드는 김에 지금껏 획득한 '필드의 정수'를 모두 꺼내었다. 그 효과가 사실이라면 두 개를 더 만들어 대진과 메이에게 주면 좋을 것 같았다.

두 사람은 아무래도 감시자들에게 마크당하고 있는 자신과 같이 행동했기에 다음 필드에서 서로 떨어졌을 경우 어떤 위험을 초래할지 몰랐기 때문이다.

치호 자신이야 어떤 상황에서도 빠져나올 자신이 있고 설령 죽더라도 문제없다. 물론 어딘가에 봉인되거나 수장되는 일만 없으면 말이다.

하지만 두 사람의 경우는 다르다. 만약 감시자들의 농간으로 인해 감당할 수 없는 위험이 닥친다면 목숨을 그대로 빼앗길 수밖에 없기 때문이다.

필드를 떠나기 전 선물로 주면 좋을 것 같아 가지고 있던 2개의 필드의 정수를 꺼내놓은 것이다. 클레디안은 치호가 꺼내놓는 '필드의 정수'를 보며 기겁하며 말했다.

"아… 아니, 이게 다 무엇이오?"

"응? 필드의 정수지. 뭐… 색깔은 서로 좀 다르긴 하네."

각 필드에서 가져온 필드의 정수는 각각의 색이 조금씩 달랐다. 키테그람에게서 얻은 필드의 정수는 약간 초록빛을 띠고 있었고 오그리모를 처리하며 얻은 필드의 정수는 갈색빛, 그리고 이번에 얻은 필드의 정수는 붉은빛을 띠고 있었다.

"그게 아니라, 이 물건을 다 어디서 구했냔 말이오."

"아, 지난 필드를 거쳐 오면서 하나씩 모아둔 것이지. 이것으로 그 '등불 호신부'라는 걸 만들고 싶은데 괜찮겠나?"

"재료만 있다면 문제는 없소. 그런데 치호 당신… 정말 괴물이군. 각 필드마다 하나씩이라니… 허, 어이가 없군. 필드의 지배자에 대한 존재조차 모르는 테스터가 수두룩하건만 치호 당신은……."

"뭐… 그래서 감시자들의 사랑을 듬뿍 받고 있지. 여러 가지로 말이야. 그런데 다른 재료가 더 필요한 게 있나? 추가로 만드는 것은 나 때문이니 재료는 내가 구해오지."

치호는 늘어난 작업 분량에 재료가 모자라지 않을까 걱정하며 클레디안에게 물었지만, 그는 고개를 좌우로 저으며 말했다.

"재료는 충분하오. 애초에 가장 중요한 일은 '필드의 정수'를 가공하는 일이니까."

"그럼 다행이군. 그럼 시작하지."

치호의 말에 클레디안은 잠시 무엇인가를 생각하는 듯싶었지만 이내 숨을 크게 들이켜 내쉬고는 말했다.

"좋소. 한번 해봅시다."

왠지 클레디안의 목소리는 세이카의 일 이후 가장 기운 넘치는 목소리였다. 치호가 내민 '필드의 정수'를 보고 무언가 결정한 듯 빠르게 움직이기 시작했다.

그렇게 두 사람의 작업이 시작되었다.

두 사람의 작업이 시작된 것이다.

*   *   *

"또 한동안은 심심하겠네요."

"그래도 이번엔 지난번처럼 똥줄 타면서 기다리진 않아도 되니 얼마나 좋아. 안 그래?"

"하긴… 그때는 괴물이 온다는 사람, 안 온다는 사람… 에휴, 완전 난리도 아니었잖아요."

대진과 메이는 클레디안의 집에 남아 이야기를 나누고 있었다. 치호의 말처럼 함부로 밖을 돌아다닐 수도 없기에 일단은 집에 머물고 있는 것이다.

낮에 돌아다니기에는 좀 꺼려졌기에 밤에 나가서 조금씩 보급품을 준비할 생각이었다.

"근데 우리가 꼭 이렇게 도둑놈처럼 움직여야 하는 거야? 우리가 뭐 죄졌어?"

"뭐… 그런 건 아니지만… 그냥 있는 듯 없는 듯 지나가는 게 좋죠. 우리가 여기서 오래 있을 것도 아니고 클레디안 일만 정리되면 갈 거잖아요. 그런데 굳이 일 크게 벌일 필요 없죠."

"으… 맘에 안 들어. 제길."

메이는 아이처럼 툴툴거리는 대진을 보며 피식 웃고는 창밖을 내다보았다. 이제 슬슬 어둠이 깔리는 시간이라 슬슬 나가도 좋을 것 같았다.

"아저씨, 잔소리 말고 어서 준비나 해요. 슬슬 나가도 될 것 같아요. 치호 아저씨가 말한 거 알죠? 괜히 시끄럽게 만들지 말고 조용히 있다가 가자구요."

"알았어. 뭐… 시노프에서 시끄럽게 굴긴 좀 그렇지. 많은 사람이 죽어서 분위기도 좋지 않은데… 에휴, 이게 다 무슨 일인지."

"그런데… 아저씨는 다음 필드에 가면 뭐할 거예요? 딱히 목표가 없으면 그냥 세 번째 필드에서 눌러 사는 것도 나쁘지 않잖아요?"

메이는 문득 대진이 다음 필드로 넘어가려는 이유가 궁금해졌다. 지금껏 경험해 온 대진 정도의 무력이라면 세 번째 필드에서 충분히 통할 것이고 세 번째 필드는 사람 사는 구색이 갖추어져 있어 첫 번째 필드와는 달리 먹고 사는 데는 지장이 없을 것이기에 물은 것이다.

그 말을 들은 대진이 잠시 머뭇거리다가 말을 잇기 시작했다.

"너도 알다시피 내 스킬 때문인 것도 있지만… 사실 가장 큰 이유는 치호나 너 때문이지."

"저요? 왜요?"

난데없이 메이 자신 때문에 다음 필드로 넘어간다는 대진의 말에 화들짝 놀란 메이가 되묻자 대진이 망설임 없이 대답했다.

"실은 우물 안 개구리였다는 걸 깨달았거든. 너희 둘을 보고 말이지."

"개구리?"

"그래. 난 내가 꽤 나 강한 줄 알았단 말이야? 나랑 필드에 같이 온 사람 중에 세 번째 필드까지 진출한 사람이 꽤나 드물걸? 치호를 제외하고 말이야."

"그런데요?"

대진이 잠시 망설이자 메이가 대진에게 어서 말하라는 듯 재촉했다.

"그런데 치호나 너를 보고 내가 얼마나 자만했는지를 깨달은 거야. 알량한 스킬 가지고 혼자 나댄 거지. 애초에 몰랐으면 상관없지만⋯ 벌써 너무 많은 걸 알아버렸어. 하하, 그 덕에 이놈의 호기심이 멈추질 않는 걸 어째. 그러니 별수 있어? 더 강해지려면 올라가는 수밖에."

"아휴⋯ 대진 아저씨, 치호 아저씨는 논외라니까요? 그 아저씨는 시작부터 엄청 강했다구요. 믿기지 않을 만큼. 그리고 저는 이래봬도 여기서 산 횟수가 몇 년인 줄이나 아세요? 에휴."

"뭐⋯ 일단 보이는 걸 쫓아갈 뿐이지. 그런데 넌 뭣하러 올라가? 너야말로 적당히 여기서 쉬는 게 어때?"

대진의 물음에 메이는 잠시 머뭇거리는 듯하더니 자조적으로 이야기했다.

"뭐⋯ 저도 꼭 처리해야 할 녀석이 있으니까요. 얼마 전에 녀석을 만났을 때는 생각보다 많이 강하더라구요. 저도 강해졌다고 생각했는데⋯ 에휴, 저도 아직 한참 멀었어요."

두 사람은 이야기를 나누다 보니 점점 더 마음만 무거워지는 것 같아서 입맛이 썼다. 어떤 이유를 대던 두 사람 모두 좀 더 강해지기 위해서 다음 필드로 넘어가는 것이기 때문이다.

케케묵은 원한이든 자신 스스로에 대한 채찍이든 상관없이 좀 더 강해지기 위해 다음 필드를 찾는 것이다.

잠시 두 사람 사이에 침묵이 돌자 대진이 그 무거워지려 하는 분위기를 깨며 말했다.

"뭐, 이유야 어찌 됐든 치호를 따라다니다 보면 죽거나 강해지거나. 둘 중 하나지, 그것도 굉장히 빠르게. 하하."

"그건 그렇죠. 에휴, 일단 나가서 보급품이나 챙기자구요. 또 언제 나올 줄 모르니까 미리미리 준비해 두는 게 좋을 것 같아요."

"그래. 이미 밖도 완전히 어두워졌으니 지금쯤은 나가도 괜찮겠지. 얼른 사서 돌아오자고."

두 사람은 얼굴을 적당히 천 따위로 가린 후 상점을 향해 나섰다. 이곳은 모래바람 따위 때문에 그런 식으로 얼굴을 가리는 사람이 꽤 있었기에 어색하진 않을 것 같았다.

*   *   *

"조금만 더!"

까앙, 까앙.

핑!

"좋아! 지금!"

치이익.

"후⋯ 이거 외형 잡는 것도 보통 까다로운 게 아니군."

"그래서 나도 배울 때 여간 힘든 게 아니었소. 그래도 일단 외형을 잡았으니 이제 정수를 가공해야 하는데⋯ 사실 여기서부터는 치호 당신 손재주 좀 빌리고 싶군."

"손재주?"

"그렇소. 일전에 장비를 손질할 때 내가 봐뒀지. 나도 정수를 직접 만져보는 건 이번이 처음인데 영 불안해서 말이오. 한 끗만 손이 잘못 나가도⋯ 정수를 날려 버릴 수 있거든. 한데 당신이 그쪽으론 나보다 한 수 위인 것 같아서⋯ 부탁 좀 하겠소. 방법은 내가 알려드리리다."

클레디안의 부탁에 치호는 클레디안을 다시 볼 수밖에 없었다. 자신의 실력을 인정하고 다른 이에게 도움을 청하는 것은 클레디안 정도 되는 장인에게는 참기 힘든 굴욕이다.

그런데 그런 것 따위는 상관없이 물품 하나만을 위해 자신의 자존심 따위는 아랑곳하지 않는 모습이 인상적이었기 때문이다.

"알았다. 최선을 다해보지. 어차피 나도 만드는 법을 알아두면 좋겠지. 어떻게 하면 되지?"

클레디안은 치호의 물음에 대답도 하기 전에 한 구석에서 자루 하나를 꺼내왔다. 꺼내온 자루는 허름해 보였고 금방이라도 자루가 터질 것 같이 낡아 있었다.

"이게 바로 정수를 가공하는데 반드시 필요한 물품이오. 이게 없으면 가공하다가 정수가 쪼개져 버리지. 어머니는 이런 걸 왜 챙겨왔나 했더니… 나 참."

세이카가 메이에게 클레디안의 대한 신변 확보를 의뢰한 후 자루를 챙겨 가져온 것 같았다. 이곳에 저런 물품이 준비되어 있는 것을 보면 말이다.

치호는 그 자루의 내용물을 살펴보니 마치 밀가루처럼 하얀 입자였는데 좀 더 거칠고 단단하게 느껴졌다.

그 순간 치호의 눈앞에 새로운 메시지가 떠올랐다. 마치 새로운 아이템을 얻은 것처럼 말이다.

〈벨리안의 특수 배합 가루〉

―효과: 무른 쇠와 강한 쇠를 접합시켜 복합강을 만들 때 주로 사용하던 벨리안만의 특수 배합 재료로써 그 외에도 다양한 용도로 사용하여 제품의 품질을 한 단계 높일 수 있다.

"호오, 벨리안의 물품인가?"

"그렇소, 우리 가문의 비전이지."

치호는 잠시 가루를 이리저리 만져보더니 조심스레 말했다.

"흠… 이번에 사용하고 남으면 이것 좀 챙겨줄 수 있나? 앞으로도 꽤 유용해 보이는군."

"어차피 나야 다시 만들면 되는 것이니 이번에 사용하고 남으면 가져가시오. 그것보다 정수를 가공하는 일이 쉽지는 않을 테니 마음의 준비를 단단히 하는 게 좋을 거요. 일단 과정부터 설명해 주겠소."

치호는 클레디안의 말을 집중해서 듣기 시작했다. 같은 장인으로서 〈벨리안의 특수 배합 가루〉에 호기심이 가는 것은 사실이나 지금은 그저 클레디안의 말에 집중할 뿐이었다.

클레디안의 말대로 재료가 3개밖에 없기 때문에 한 개라도 날려 먹으면 곤란하기 때문이다.

"좋아. 이해했다. 그럼 시작해 볼까?"

"내가 옆에서 계속 지시는 해주겠소만… 할 수 있겠소?"

클레디안은 불안한 듯 말했지만, 치호는 그저 미소로 클레디안에게 화답할 뿐이었다. 그리고는 특수 배합 가루를 한 주먹 과감하게 쥐고서는 정수에 뿌렸다.

그리고는 필드의 정수를 집게로 잡아 그대로 펄펄 끓는 용광로에 집어넣으며 클레디안에게 소리쳤다.

"집중해! 이제 시작이다!"

그렇게 외친 후 용광로를 바라보는 치호의 눈은 그 어느 때보다 매섭게 번뜩였다. 찰나의 순간을 잡아내야 하기 때문에 온 신경을 집중하는 것 같았다.

클레디안도 그런 모습을 보고 불안감을 떨쳐 버린 듯 얼른 다음 작업을 준비하기 시작했다.

화르륵.

치호는 용광로에 정수를 넣자 열기가 치솟는 것 같은 느낌을 받았다. 미묘한 온도 변화에도 민감한 치호로서는 신기한 현상에 흥미로운 듯했다.

하지만 옆에서 지켜보는 클레디안은 정확한 타이밍을 재려고 하는 건지 긴장된 채로 용광로 안을 들여다볼 뿐이었다.

"조금만… 조금만… 치호, 정수 표면이 살짝 눌어붙을 정도까지만… 지금!"

느닷없이 클레디안이 외쳤지만, 치호도 어느 정도 예상을 하고 있었기에 망설임 없이 정수를 빼냈다.

그와 동시에 클레디안이 〈벨리안의 특수 배합 가루〉를 뿌렸고 동시에 치호는 작은 망치로 정수를 때리기 시작했다.

너무 강한 힘으로 때리면 정수 자체가 쪼개져 버리고 그렇다고 너무 약한 힘으로 때리면 아무런 효과가 없다. 따라서 중간 정도의 적당한 힘으로 정확하게 때려야 한다.

뚜웅. 뚜웅.

정수는 금속성이 아닌 건지 망치와 부딪힐 때마다 이상한 소리를 내었지만, 치호는 그 소리를 주의 깊게 들으며 소리 간의 차이를 파악해 점차 정확하게 때리기 시작했다.

뚜웅… 뚜웅.

토웅.

망치질을 할 때마다 점점 소리는 맑아졌고 어느 정도 소리
가 경쾌하게 변해 치호가 만족스러워할 때쯤 눈앞에 새로운
메시지가 떠올랐다.

[소재의 특성을 1 끌어 올립니다.]

"음!"

떠오른 메시지에 순간 집중력이 흐트러져 때리던 망치질에
힘이 들어갈 뻔했지만, 다행히 힘 조절에 성공해 정수에 피해
는 없었다.

아무래도 치호가 만족스러운 망치질, 그러니까 완벽한 망치
질을 할 때마다 〈장인의 자존심〉 스킬의 영향으로 소재가 가
진 특성을 끌어 올리는 것 같았다.

'재미있군. 뭐… 나름 도움은 되겠어.'

아무래도 처음 만지는 소재였기 때문에 힘 조절이나 때리
는 위치 등이 확신이 서지 않았는데 메시지를 확인해 가면 좀
더 확실하게 물건을 가공할 수 있을 것 같았기 때문이다.

"치호! 집중해!"

"음, 미안하군."

토옹! 토옹!

스킬에 대해 생각을 하느라 잠시 집중력이 흐트러진 것을 클레디안이 단박에 알아차렸는지 치호를 거칠게 부르며 다시금 경각심을 일깨웠다.

토옹!

몇 번을 더 때린 후 정수가 점차 열기를 잃어가자 치호는 다시 한 번 용광로에 정수를 집어넣었다.

클레디안의 말대로라면 이런 일련의 과정을 수십 번을 걸쳐서 해야 한다고 했으니 이제 시작이다.

[소재의 특성을 1 끌어 올립니다.]
[소재의 특성을 1 끌어 올립니다.]

"후욱. 후욱."

티잉. 티잉.

[소재의 특성을 1 끌어 올립니다.]
[소재의 특성을 1 끌어 올립니다.]

정수의 색깔은 처음과 달리 투명하게 변하기 시작했고 망치질 소리도 점점 청명하게 바뀌었다. 메시지에 주의해 가며 망치질을 하니 점점 소재의 특성을 끌어 올린다는 메시지가 자주 떠오르게 되었고 이제는 망치질을 할 때마다 한 번씩 떠오르는 것 같았다.

티잉. 티잉.

"잠깐!"

클레디안은 정수가 다시금 열기를 잃어가자 기계적으로 〈벨리안의 특수 배합 가루〉를 뿌리려는 것을 만류했다.

뭔가 메시지에 변화가 있었기 때문이다.

"어? 된 건가? 한번 확인해 보는 게 어떻소?"

클레디안은 뭔가 도구를 가져와 확인하려는 것 같았지만 치호는 그런 클레디안을 잡으며 확신하듯 말했다.

"완성했다. '가공된 필드의 정수'라… 재미있군."

〈가공된 필드의 정수〉

—특수한 과정을 거쳐 가공된 필드의 정수는 주변으로 힘을 왜곡시키는 파장을 뿜어냅니다.

'왜곡?'

치호는 변화한 물건의 내용을 확인하고는 흥미롭다는 듯 미소를 지었다. 이런 특성을 가진 물품이라면 클레디안이 말하는 〈등불 호신부〉라는 아이템 말고도 다른 아이템을 만들어도 흥미로울 것 같았기 때문이다.

변화된 아이템의 내용을 확인한 후 집게로 '필드의 정수' 집어 들어 올리는 치호의 온몸은 땀으로 범벅이 되어 있었다.

온몸에 땀이 비 오듯 흘렀지만 힘든 기색 하나 내비치지 않았다.

장인으로서 새로운 재료를 만진다는 것만큼 흥분되는 일은 없었기에 이런 식으로 일하는 것 자체가 즐거웠다.

테스트 필드로 넘어온 후 끝없는 살육과 전투만 이어지다가 오래간만에 찾은 꿀 같은 휴식 시간이었다.

오랜만에 새로운 물품을 창조해 내는 이 기분은 치호로서도 썩 좋은 기분이었기에 좀 더 만끽하고 싶었다.

"이… 이게 바로 가공된 정수로군. 정말로 만들어 버렸어. 내가 이 물건을 만드는 데 일조하게 될 줄이야… 진짜로 만들어 버렸다고! 하하하!"

클레디안은 치호가 만들어둔 〈가공된 필드의 정수〉를 이리저리 살피며 감탄의 말을 뱉음과 동시에 마치 일생의 역작이라도 만든 듯 큰 웃음을 터뜨렸다.

사실 치호가 〈가공된 필드의 정수〉를 만드는 게 일견 쉬워 보였지만 그렇지 않다.

보통의 테스터나 기술이 전무한 이들이 '필드의 정수'를 가공하려 들었다면 용광로 안에서부터 이미 정수는 녹아 없어져 버렸을 것이다.

설령 잘 빼냈었다 하더라도 망치질 한 번에 박살 났을 것이다.

치호가 가진 기술 덕에 손끝 감각을 최대로 살리며 처음 만지는 소재에도 불구하고 그 특성을 최대한 파악해 작업을 한 것이기에 이러한 성과물을 얻을 수 있던 것이다.

클레디안 역시 그런 사실을 알기 때문에 감탄하듯 치호에게 말을 한 것이다.

그와 같은 일을 해낸다는 게 보통의 실력으로는 불가능하다는 것을 스스로가 장인인 클레디안은 누구보다 잘 알고 있기 때문이다.

치호는 그런 클레디안의 태도를 보며 피식 웃은 다음 조금도 지체하지 않고 다음 정수를 집게로 집어 들었다. 그런 치호를 보며 클레디안이 화들짝 놀라며 말했다.

"아니 벌써 작업을 다시 하려는 것이오? 조금이라도 쉬었다가 하는 게 어떻소? 손아귀 힘도 처음 같지 않을 텐데."

클레디안의 걱정하는 말은 이해가 갔다. 만약 보통의 테스터였다면 이 정도에서 쉬었다가 다시 만드는 게 현명하다. 클레디안의 말처럼 악력도 약해졌고 체력도 떨어졌기에 쉬었다가 작업을 하는 게 일반적으로는 좋을 것이다.

하지만 지금의 치호는 보통의 테스터와는 다르게 지구력 스테이터스 포인트가 1,000을 가뿐히 넘어서 있는 상태였다.

그렇기 때문에 쉬었다가 작업을 계속하는 것보다 지금 이 감각이 살아 있을 때 조금이라도 정수를 더 두들기는 편이 좋다고 판단한 것이다.

"난 괜찮다. 쉬는 건 정수를 다 가공한 후에 쉬면 된다."

치호는 그렇게 말하고는 집어 든 정수를 다시금 용광로 속에 집어넣었다. 이미 한 번 만들어봤기 때문에 조금은 수월하게 작업할 수 있을 것 같았다.

그런 치호를 보며 클레디안은 고개를 절레절레 흔들며 질렸다는 듯한 표정을 지었지만 치호는 전혀 상관하지 않고 오직 정수만을 바라볼 뿐이었다.

*　　　　*　　　　*

치호와 클레디안이 한참 정수를 가공하고 있을 무렵 대진과 메이는 집에서 나와 마을을 배회하고 있었다.

물품을 구매하기 전에 주변의 상황은 어떤지 둘러보는 것이다.

적극적으로 시노프의 주민들에게 무언가를 물어가면서 알아보진 않고 그저 사람들끼리 나누는 대화를 엿듣는 정도였기에 문제는 없어 보였다.

"대진 아저씨, 다행이네요. 생각보다 괜찮은 것 같아요."

"그래. 인명 피해도 생각한 것보다 크지 않았고 말이야. 그런데… 루바란 길드라? 의외인데?"

"뭐가요? 딱히 문제될 건 없어 보이는데요?"

대진은 뭔가 골똘히 생각하는 것 같다가 이내 고개를 저으며 별것 아니란 듯이 말하기 시작했다.

"하긴 뭐 당연히 그렇게 되는 게 수순인가? 뭐 어쩔 수 없지."

"혼자만 알지 말고 좀 얘기해요! 듣는 사람 답답하게."

메이가 짜증을 내듯 대진에게 말하자 대진이 자못 심각한 듯 메이에게 이야기하기 시작했다.

"음… 사람들 이야기 좀 들어보니 말이야. 이 개척 거점 시노프에 루바란 길드가 들어왔나 보더라고. 뭐… 명목상 보호긴 하지만 루바란 길드가 너무 커지는 게 아닌가 싶어서."

"별걸 다 신경 쓰시네. 루바란 길드면 평판도 좋은데 뭐 어때요. 차라리 어설픈 길드가 들어오는 것보단 낫죠."

"아니, 그렇긴 하지만 한 곳의 독점은 그다지 좋지 않은데… 게다가 신전에서도 파견이 오지 않는 걸 보면 루바란하고 충돌을 꺼리는 것 같아서 말이야. 너무 커졌어, 루바란."

대진은 몸집을 불려가는 루바란 길드를 우려에 찬 시선으로 보았지만 메이는 별걸 다 신경 쓴다는 듯 대진을 타박했다.

루바란 길드는 치호와 대진이 식당에서 신전의 사람들과 처음 만났을 때 마주친 길드였다.

더욱이 그곳의 길드장 '일리야 레핀'은 치호가 세 번째 필드에 모습을 드러내자마자 즉시 치호 앞에 나선 인물이기도 했다. 그런 루바란 길드가 점점 세력을 넓혀가고 있는 것이다.

"그래, 뭐 우리도 곧 떠날 건데 깊이 생각해 봐야 의미 없지. 일단 보급부터 하자고. 그나저나 다음은 어떤 환경일지… 어휴."

"그러게요. 너무 극단적인 환경만 아니면 좋을 텐데. 준비를 철저히 하는 수밖에는 없죠. 뭐."

"장터가 있을지 걱정이군. 길드까지 들어왔는데 장터가 없겠어? 어서 가자고. 물품이 다 떨어지면 그것도 곤란할 테니까."

대진과 메이는 마을을 둘러보며 장터로 향했다. 사실 온전한 상태의 개척 거점이었다면 장터에 관해 걱정할 일은 없겠지만, 이곳은 전투의 상흔이 아직 아물지 않은 상태였기 때문에 살짝 불안한 것이다.

하지만 '루바란' 길드가 이곳에 들어왔다면 여러 가지 자원을 가지고 들어왔을 것이기에 서둘러 장터로 발걸음을 옮겼다.

"근데 너무 많이 사는 거 아니야?"

"에이, 돈도 충분하고 다음 필드에 뭐가 있을 줄 알고 아껴요. 개척해서 필드를 넘어가면… 아! 아저씨 그러고 보니 그걸 말 안 했네요. 개척해서 통로를 열고 다음 필드로 넘어가면 인솔자가 안 와요. 스스로 거점을 찾아가야 해요."

"뭐? 인솔자가 안 와? 뭔 소리야? 그럼 거점을 어떻게 찾아가? 무슨 다른 메시지라도 뜨는 거야?"

"그런 거 전혀 없어요. 그러니까 준비를 철저히 해야 한다는 뜻이에요. 막말로 거점 찾다가 아사 직전까지 갈 수 있으니까."

메이는 이미 과거에 치호와 필드를 개척해서 넘어간 경험이 있기에 대진이 이번에 처음이라는 사실을 간과한 것이다.

그렇기에 메이는 통로를 직접 열고 다음 필드로 넘어갈 때의 상황을 자세히 대진에게 이야기해 주었다.

"으… 그러면 좀 더 사야 하지 않을까? 응?"

"헤헤, 그렇다니까요? 아무리 사도 부족하지가 않아요. 일단 인벤토리에 넣을 수 있는 만큼 식량을 채우고 물도 많이 사둬야 해요. 어떤 상황일지 예상할 수 없으니까요."

"알았어. 내가 알아보고 오지. 그러면 그렇다고 얼른 이야기해 줄 것이지… 자칫 위험할 뻔했잖아?"

"미안해요. 대진 아저씨."

"아니… 미안할 것까진… 험험, 그럼 좀 더 구해보자고."

대진과 메이가 지금껏 사들인 양의 물품도 많았지만, 아직 그 정도 양으로는 부족하다는 듯 물품을 더 구매하려고 움직이려 할 때 뒤에서 두 사람을 부르는 목소리가 들렸다.

"거기 앞에 가는 두 사람? 잠깐 멈춰봐."

대진과 메이가 그 목소리에 뒤를 돌아봤을 때 목소리의 주인이 보였다. 그는 민머리에 다부진 체격을 가진 사내였다. 여기저기 난 상처가 위협적으로 보였지만 메이는 전혀 주눅 들지 않은 듯 되물었다.

"무슨 볼일 있나요?"

"아, 그쪽 말고 저쪽, 아무래도 내가 아는 사람 같아서 말이지."

그 사내는 대진을 가리키며 말했고 그 손짓을 받은 대진의 표정은 똥 씹은 듯 구겨졌다. 물론 얼굴을 천으로 가리고 있어 티는 나지 않았지만 말이다.

"어이, 거기? 나 본 적 없어? 아무래도 우리 어디선가 만난 것 같은데 말이야."

민머리의 사내는 점점 대진에게 다가오며 말했다. 그럴수록 대진이 한발 물러섰고 그런 수상쩍은 행동은 민머리 사내로

하여금 무언가를 확신하게 해 주는 계기가 되었다.

"그러지 말고 그 천 쪼가리 좀 치워보는 게 어때? 내가 아무리 봐도 낯이 익어서 그래."

"험험, 글쎄… 사람 잘못 본 것 같은데?"

대진은 뭔가 잘못 걸렸다는 듯이 살짝 떨고 있었다. 아무래도 대진은 민머리의 사내를 알아본 것 같았다.

하지만 대진의 그런 말에도 민머리의 사내는 대진을 유심히 살필 뿐이었다.

"허어… 정말 사람 잘못 봤대도 이러네? 우린 바빠서 이만… 메이! 가자!"

"네? 네. 같이 가요!"

대진은 서둘러 이 자리를 벗어나고 싶은 듯했지만, 민머리의 사내 역시 호락호락한 상대는 아니라는 듯 집요하게 따라왔다.

"어이, 얼굴 좀 보이지? 내가 생긴 게 이래도 말이야. 지금 이 시노프의 보안 책임을 맡고 있거든? 자꾸 그렇게 비협조적으로 나오면 곤란해?"

따라오던 민머리 사내는 마치 최후의 통첩을 하듯 말했고 어느새 사내의 주변에는 민머리 사내의 일행들로 보이는 사람들이 모여들기 시작했다. 그런 모습을 본 대진은 그저 입술을 깨물 수밖에 없었다. 이미 주변은 포위당했기 때문이다.

"으… 정말 왜 이러는 거야, 어? 우리가 무슨 잘못이라도 했어? 왜 선량한 사람 잡고 이러냐고!"

"그런 건 아니지만 여간 수상해야 말이지. 협조 좀 해주라고, 알다시피 지금 시노프가 불안한 상태잖아?"

"제길. 대체 어떻게 알아본 거야?"

대진은 툴툴거리면서 얼굴을 가린 천을 벗기 시작했다. 그리고 천을 다 벗었을 때 사내에게 말했다.

"이제 됐지? 바라모?"

사내의 정체는 바라모였다.

치호와 대진이 식당에서 교단과 충돌했을 때 교단을 견제하기 위해 득달같이 달려왔던 바로 그 사내였다. 그를 여기서 다시 만난 것이다.

"그래! 역시 내 눈썰미가 아직 죽지는 않았구만? 그때 교단에서 수배했던 형씨 맞지? 그때 알았으면 상금도 타고 녀석들의 콧대를 꺾어주는 거였는데 말이야."

"난 이제 수배도 풀렸지 않아? 그럼 난 문제 없잖아? 왜 이러는 거야, 대체."

"아… 지금은 문제없지, 그렇고말고. 그런데… 앞으로도 그럴 거란 보장이 없잖아? 교단에서 수배 때릴 정도면 한 성깔 하는 것 같은데 주의할 필요는 있겠지. 안 그래?"

바라모는 무슨 목적이 있어서인지 대진을 살살 약 올렸다.

대진은 바라모가 저러는 이유를 알 수가 없어 잠자코 녀석의 말을 들을 뿐이었다. 저런 허튼수작에 당할 만한 대진은 아니었다.

대진이 별다른 반응이 없자 바라모는 흥미를 잃었다는 듯 다른 말을 꺼내기 시작했다.

"형씨랑 같이 다니던 그 한가락 하게 생긴 그 사람은 어디 있지? 그 사람과는 헤어진 거야?"

바라모는 짐짓 치호의 행방을 묻는 것 같았다. 대진은 그런 바라모가 치호의 행방에 관해 묻는 게 궁금했지만, 어느 쪽으로 생각하든 좋은 일 같지는 않아 모른 척하기로 했다.

낯빛 하나 바꾸지 않은 채로 대진은 뻔뻔하게 말을 이었다.

"응? 그 친구? 그 친구랑은 헤어진 지 오래지, 나도. 여기 이 친구가 내 새로운 동료지."

"호오… 그으래? 축하해야 하는 건가… 끄응, 실은 카바토란 괴물을 처리한 녀석에 대한 정보를 모으고 있었는데 말이야. 인상착의가 영 비슷해서 말이지? 더군다나 형씨까지 내 눈앞에 있고 말이야. 내가 너무 과민한 거야?"

"그렇고말고! 아무튼, 난 이제 가봐도 되는 거지?"

"아… 그래. 이제 가봐. 괜히 사고치지 말고. 형씨랑도 은근히 자주 마주치는 게 재미있는데? 하하."

바라모가 생각보다 대진을 쉽게 놓아주자 대진은 서둘러

메이와 함께 바라모의 포위를 뚫고 나왔다. 조금도 이 자리에 있고 싶지 않다는 듯 말이다.

바라모의 포위를 벗어나 안전하다고 생각되었을 때, 대진의 태도를 이상하게 여긴 메이가 대진에게 물었다.

"대진 아저씨 대체 무슨 일이에요? 대체 무슨 일이길래 그렇게 불안해해요? 네?"

"으… 하필 저놈을 만날 게 또 뭐야. 저 녀석이 루바란의 행동 대장이자 길드장 '일리야 레핀'의 오른팔이라구. 불도저 같은 놈이라 저 녀석하고 얽히면 곤란해."

"그래도 뭐 우리가 잘못한 것도 없는데 별 탈이야 있겠어요?"

대진은 메이를 보며 한숨을 푹 내쉬며 말했다. 아무래도 메이의 의견과는 다른 것 같았다.

"평소라면 문제가 없겠지만 여기는 시노프잖아. 주변에 오직 루바란 길드 세력만 깔려 있고. 게다가 녀석들이 카바토를 처리한 사람을 찾고 있는 거로 봐서… 골치 아픈데. 대체 어떻게 알아본 거야? 제길."

대진은 연신 투덜거리며 숙소로 향했다. 아무래도 바라모와 마주친 것이 못내 마음에 걸리는 것 같았다. 가능하면 흔적을 남기지 말았어야 했는데 생각보다 큰 흔적을 남긴 꼴이 되었기 때문이다. 대진이 자책하고 있을 때 메이가 대진에게 의아한 표정을 지으며 물었다.

"그런데 아저씨, 저 사람 아저씨보다 약할 것 같은데 뭘 그렇게 긴장해요? 여차하면… 알죠?"

메이는 손으로 목을 긋는 시늉을 하며 말하자 대진이 화들짝 놀라며 말했다.

"이 계집애가! 못하는 소리가 없어. 너무 여기 분위기에 물들면 안 돼. 우린 사람이잖아. 그리고 치호가 말한 대로 여기서 일을 벌이면 우리한테 좋을 게 하나도 없을 것 같으니까."

"여러모로 불편하네요. 좋은 일 하고도 눈치를 봐야 한다니."

"괜한 걱정일 수도 있겠지만, 미리 대비해서 나쁠 것 없잖아? 여기는 테스트 필드니까 말이야."

메이는 힘없이 고개를 떨구고 대진을 따라 다시 숙소로 돌아가는 발걸음을 옮겼다. 대진의 말이 틀린 것은 없지만 이 상황이 마음에 들지 않기는 마찬가지였기 때문이다.

*　　　　*　　　　*

"이제야 끝났군."

치호는 손에 든 망치를 작업대 위에 내려놓으며 중얼거리듯 말했다. 결국 세 개의 '필드의 정수'를 모두 가공한 후에야 망치를 내려놓은 것이다.

"정말 대단하군. 내게 비견할 바가 아니었어. 내가 같은 수준이라고 생각한 게 부끄럽소."

첫 번째 정수를 가공한 후부터는 치호가 작업을 주도해 나갔기 때문에 보조로서 옆에서 지켜봤기에 치호의 실력은 클레디안의 감탄을 자아내기 충분했다.

"이제 틀과 이것을 결합하기만 하면 끝나는 작업인가?"

"그렇소. 뭐 일반 물품이라면야… 자잘한 세공 같은 게 들어가겠지만 뭐 그럴 필요야 있겠소. 그냥 정수와 미리 만들어둔 틀을 결합하기만 하면 효과는 나타날 것이오."

"그럼 어서 작업하지."

치호는 남은 작업을 마치려하자 클레디안이 고개를 저으며 치호를 만류했다.

"남은 작업은 내가 하겠소. 정수를 가공하는데 진력을 다 뺏을 테니 올라가서 좀 쉬시오."

"후우… 고맙군."

치호로서는 클레디안의 배려가 고맙게 느껴졌다. 안 그래도 세 개의 정수를 쉬지 않고 가공하느라 좀 지쳐 있는 상태였기 때문이다. 그 때문에 얼른 작업을 마치고 쉬려고 했는데 클레디안이 나서서 작업을 마무리해 준다는 것이었다.

만약 다른 장인이었다면 좀 피곤하더라도 스스로 작업을

마쳤을 테지만 클레디안 역시 치호가 인정할 만큼의 실력을 갖추고 있었기에 마무리 작업을 맡기고 1층으로 올라갈 수 있었다.

1층에 올라갔을 때 대진과 메이가 치호를 반갑게 맞아주었다. 두 사람이 치호를 격하게 반기는 걸 보니 치호를 기다리는 동안 무료함에 지친 듯 보였다.

하지만 치호는 제대로 그 둘의 인사를 받을 수 없었다. 신경을 거슬리는 것들이 집 주변을 둘러싸고 있었기 때문이다. 하지만 특별히 살기가 느껴지는 것은 아니라 신경을 끄고 두 사람과 이야기를 시작했다.

"치호! 이제 끝난 거야? 이제 떠날 수 있겠군."

"그래. 클레디안이 마무리 작업을 하고 있으니 곧 끝난다. 조금 쉬고 떠날 수 있게 준비를 하지. 보급품은?"

"걱정하지 마. 확실하게 다 챙겼으니까. 그런데 말이지 치호, 루바란이 시노프를 먹을 생각인 것 같아."

"루바란이?"

치호는 대진의 입에서 나온 말에 흥미를 갖는 것 같았다. 루바란은 길드장 레핀이 치호에게 길드에 들지 않겠냐며 제안을 했던 곳이기에 기억하고 있었다. 특히 길드장 레핀이 가진 스킬은 치호가 인상 깊게 봐두었기 때문에 기억하고 있었다.

"응. 이 근처에 루바란 녀석들이 쫙 깔렸더라고… 그리고 치호 자넬 찾는 것 같던데? 아니 정확하게는 카바토를 쓰러뜨린 녀석을 찾는 것 같더라고."

대진은 루바란의 이야기를 꺼내며 지금 시노프의 상황을 전달했다. 그리고 얼마 전 바라모와 마주쳤던 이야기를 꺼내자 치호는 그제야 상황이 어떻게 돌아가는지 알 것 같았다.

"음… 그래서 주변에 사람들이 깔려 있는 거군?"

"뭣? 사람이 깔려 있다고? 제길! 뭐야… 미행은 없었는데!"

"으… 치호 아저씨. 이거 골치 아파지는 거 아니겠죠?"

왠지 조용히 시노프를 떠나려 했던 계획이 틀어지는 것 같았다. 대진은 왠지 모를 죄책감에 얼굴을 구겼지만, 치호는 대진의 어깨를 툭 치며 말했다.

"뭐 별수 없지. 녀석들도 적대적인 것 같지는 않으니까 너무 신경 쓰지 마. 그리고 별일이야 있겠어?"

"하, 하지만… 제길. 좀 더 조심했어야 했는데."

"괜찮아. 녀석들이 날 찾고 있다는 이유가 좀 궁금하기도 하고 루바란의 길드장 레핀과 안면도 좀 있는 편이니 극단적인 상황은 벌어지지 않을 거다."

대진은 치호의 말에 조금은 마음이 편해진 듯했고 그런 대진을 확인한 치호는 메이에게 떠날 준비를 부탁했다.

메이가 짐을 챙기며 부산하게 움직일 때 마침 지하에서 클레디안이 작업을 마쳤는지 올라왔다.

"다 끝났나?"

"그렇소. 아주 괜찮은 물건이 만들어졌지. 후후… 여기 받으시오. 그리고 이건 남은 재료요. 필요하다고 하니 챙겨왔소."

"고맙군. 이게 〈등불 호신부〉라는 것이군."

클레디안은 치호에게 〈벨리안의 특수 배합 가루〉와 함께 〈등불 호신부〉를 건넸다. 치호는 고개를 끄덕이며 건네받은 호신부를 자세히 살피자 아이템에 관한 메시지가 새롭게 떠올랐다.

〈등불 호신부〉의 아이템 설명을 읽으며 치호는 흥미롭다는 듯 표정이 변했다. 아이템에는 치호가 원하는 효과가 적혀 있었기 때문이다.

제4장
레핀

〈등불 호신부(3) ― 에픽 등급 물품〉

―필드의 지배자는 감시자들의 눈에서 자유롭고 더한 경우에
는 그들의 눈을 완전히 가릴 수 있습니다. 그렇기에 필드의 생물들
은 필드의 지배자 자리를 노리는 것입니다. 그런 필드의 지배자가
품고 있는 힘의 정수를 기초로 마스터급 이상의 장인 두 명이 심혈
을 기울여 만든 작품.

― 효과: 해당 물품을 착용하고 있으면 착용자의 정신 및 감정을

간섭하는 스킬에 대해 면역 효과를 가집니다. 또한 감시자들의 힘을 인식할 수 있습니다.

— 특수 효과: 마력 +100, 속성력 +100

치호는 메시지를 유심히 읽더니 작은 미소 하나가 떠올랐다. 비록 자신이 착용할 물품은 아니지만, 대진이나 메이에게는 아주 쓸 만할 것 같은 아이템이었기 때문이다.

'마력과 속성력이라… 게다가 감시자에게서 완전히 벗어날 수 있는 모양이군.'

새로 얻은 아이템이 감시자의 눈만 피할 수 있어도 만족할 것인데 특수 효과로 마력과 속성력을 100씩이나 올려주는 예상치 못한 효과까지 얻었다.

이 정도 향상되는 수치는 장비 아이템에서조차 보기 힘든 물품이었기 때문에 상대적으로 스테이터스가 부족한 두 사람에게는 아주 쓸 만할 것 같았다.

치호는 클레디안이 호신부 3개를 건네주었기에 그중 하나를 다시 클레디안에게 넘겨주려 했다.

하나는 클레디안 본인을 위한 것이기 때문이었다. 하지만 클레디안은 고개를 저으며 말했다.

"가져가시오. 난 필요 없소."

"무슨 소리야. 이게 없으면 넌 감시자의 눈에서 벗어나지 못할 텐데? 그렇기에 너한테 정수를 건네라는 부탁을 받은 거고."

"부질없는 짓이지. 당신들… 어차피 영웅의 흔적, 아니 올브람의 흔적을 따라갈 것 아니오?"

치호는 클레디안의 갑작스러운 말에 조용히 고개를 끄덕였다. 클레디안은 그런 치호를 보며 그럴 줄 알았다는 듯 말했다.

"이젠 지쳤소. 이제 벨리안의 후손은 오직 나 하나 남은 셈이지. 막상 그렇게 되니 무슨 생각이 드는지 아시오?"

치호는 클레디안이 말하는 것을 조용히 들어주었다. 클레디안의 눈빛이 점점 깊어지는 게 방해하면 안 될 것 같았기 때문이다.

"뭐랄까… 어머니가 그렇게 되고 난 후부터 이 비루한 삶을 계속 연명해야 할 이유를 찾지 못하겠더군. 그것도 도망이나 다니면서 말이야."

"그래서 목숨이라도 끊겠다는 것인가? 세이카가 목숨을 버려가며 널 살린 것을 잊었나?"

"그럴 리가… 아마 이 물건을 내가 가지면 이 한목숨 어딘가에 숨어 살며 연명할 순 있겠지. 그러면 나의 자식들은… 나의 후손들은 어떻게 되겠소? 또다시 이 저주받은 운명을 나누어주란 말이오?"

치호는 클레디안의 말이 어느 정도 이해가 갔다. 어차피 이 물품 또한 응급처치에 지나지 않았기 때문이다.

클레디안은 잠시 한숨을 내쉰 후 다시금 말을 잇기 시작했다.

"그래서 난 당신들에게 걸어볼 것이오. 어차피 당신들 또한 올브람의 흔적을 따라간다는 것은 영웅 세크의 목적과 엇비슷할 터, 어떤 식으로든 결판이 나겠지. 당신이나 나나."

"…그래서 이 물건을 나한테 넘기겠다는 것인가?"

"그렇소. 나보다는 당신들이 가지고 가는 게 더욱 쓸모 있을 테니까. 뭐 당신이 결착을 보기 전에 감시자한테 내가 당한다면 어쩔 수 없는 거고. 하하하."

클레디안은 호탕한 듯 웃었으나 그의 눈은 그렇지 않았다. 치호에게 부담주지 않기 위해 웃음으로 가리려 했지만, 그의 마지막 열망이 치호에게 닿았다.

이 질긴 저주를 끊기 위한 마지막 그의 몸부림이 말이다.

"흥… 좋아. 내가 결착을 볼 때까지 그 한목숨 잘 간직하고 있도록. 반드시 끊어줄 테니까, 그 저주."

"그랬으면 좋겠군. 뭐… 이제 떠날 모양인데 배웅은 않겠소."

아무리 치호 일행에게 운명을 맡긴다 하더라도 세이카의 일도 있는데 웃는 낯으로 치호 일행을 배웅할 수는 없을 것 같왔다.

치호는 그런 클레디안을 보며 작게 고개를 끄덕이며 등 돌린 클레디안에게 낮게 중얼거리듯 말했다.

"그 결정 후회하지 않게 해주지."

치호는 스스로에게 결심하듯 클레디안에게 말하자 클레디안은 그저 등을 돌린 채로 무심히 손을 흔들고는 지하로 내려갔다.

"치호 아저씨. 준비는 끝났는데… 아저씨랑 클레디안하고 분위기가 왜 그래요?"

메이는 준비가 끝났는지 짐을 싸 들고 치호 곁으로 다가왔다. 그러다 치호와 클레디안의 분위기가 심상치 않자 이야기가 끝날 때를 기다려 조심스레 다가와 물은 것이다. 이에 치호는 별것 아니라는 듯 고개를 저으며 대진을 불렀다.

"대진, 이리 와봐. 줄 게 있다."

"응? 뭔데?"

대진이 다가오자 치호는 메이와 대진에게 〈등불 호신부〉를 하나씩 건넸다. 그러자 두 사람은 의아한 표정을 지으며 치호에게 물었다.

"응? 이건 또 뭐야?"

"지난번엔 귀걸이더니… 이번엔 목걸이? 에헤헤, 아저씨 선물 공세가 너무 노골적인 거 아니에요?"

"쓸데없는 소리 하지 말고 아이템이나 확인해. 앞으로 큰 도움이 될 거다."

치호는 메이가 쓸데없는 소리를 하려고 하자 얼른 말을 끊으며 아이템을 확인하도록 했다. 그러자 두 사람은 얼마 지나지 않아 휘둥그레진 눈으로 치호에게 말했다.

"아… 아니 이게 뭐야? 또 에픽? 어디서 이런 게 나온 거야?"

"지난번과는 달라요. 스텟이… 무려 100이나 붙어 있다구요! 이 작은 목걸이예요. 와… 게다가 속성력까지 올려주다니… 아저씨 이건 대체 어디서 난 거예요?"

두 사람은 뛰어난 아이템의 효과에 치호에게 연신 물음을 던졌지만, 치호는 그저 웃음 지으며 천천히 말을 이었다.

"클레디안과 내가 만든 거지. 메이 넌 대충 감을 잡고 있을지 모르겠지만 대진은 아직 모를 수도 있겠군. 감시자에 대해서 말이야."

"감시자? 그게 뭔데?"

치호가 감시자에 대한 이야기를 시작하자 대진뿐만 아니라 메이 역시 치호의 이야기에 집중하기 시작했다.

메이도 어렴풋이 알고 있었을 뿐이지 치호가 이야기하는 것처럼 확실하게 파악하고 있진 않았기 때문이다.

집중하는 두 사람에게 감시자에 대해서 모든 설명을 마쳤을 때 두 사람은 〈등불 호신부〉를 건넸을 때보다 더 경악한 표정을 짓고 있었다.

"아니… 그럼 우리를 지켜보는 놈들이 있단 말이야? 마치 티비 보며 즐기듯이?"

"후… 예상은 했지만, 너무 노골적이네요. 세이카 일에도 그들이 그렇게 깊이 관여했다니. 그럼 이 〈등불 호신부〉가 녀석들의 눈을 피할 수 있게 해주는 아이템인 거예요?"

"그래. 그러니까 그 다른 건 몰라도 〈등불 호신부〉만큼은 꼭 몸에 지니고 다니도록 해."

치호는 메이와 대진에게 당부하듯이 이야기한 후 〈등불 호신부〉를 착용했다. 목걸이를 착용과 동시에 새롭게 메시지 하나가 떠올랐다.

['유비아의 추적'이 해제됩니다.]
['아란트의 꼬리'가 해제됩니다.]
['베사트의 눈물샘'이 해제됩니다.]
['필리오의 기록'이 해제됩니다.]

치호는 떠오르는 메시지를 보고 입술을 꽉 깨물었다. 자신도 모르는 사이에 이렇게 많은 스킬이 중첩되어 있던 것이다. 혹시 몰라 메이와 대진을 살펴보자 두 사람도 떠오른 메시지를 읽는 데 여념이 없는 것 같았다.

"치… 치호. 이거… 하! 기분 더러운데? 우리가 지금껏 목숨까지 걸어가면서 누군가를 위해 광대처럼 움직인 거야?"

"저도 이 정도일 줄은… 대체 몇 개나 중첩되어 있던 건지… 다른 이들도 이런 사실을 알까요? 모두에게 알려야 하는 거 아니에요?"

대진과 메이는 감시자에 대해 분노를 토할 때 치호는 고개를 저으며 말했다.

"섣불리 행동해서 좋을 것 없어. 우리도 모르는 사이에 우리에게 이런 힘을 걸어둔 녀석들이야. 숨은 뭔가가 더 없으리라는 보장도 없고… 좀 더 지켜보자고."

치호의 말에 두 사람은 가까스로 분을 삭이는 것 같았지만, 완전히 풀린 것 같지 않았다. 두 사람의 표정을 보면 말이다.

"일단 움직인다. 대진의 말대로 루바란의 영역에서 오래 있어 봐야 좋은 꼴 보긴 힘들 것 같으니 어서 뜨지."

"아! 네, 이게 치호 아저씨 짐이에요. 식량 위주로 챙겼어요. 다음 필드의 환경이 어떨지 모르니까요."

"그래, 고맙다."

치호는 챙겨 받은 물품을 확인하고 두 사람을 이끌고 문을 나서려 할 때 메이가 치호를 붙잡으며 클레디안에 관해 물었다.

하지만 치호가 고개를 얕게 젓자 메이와 대진도 눈치가 있는 모양인지 더는 묻지 않았다. 두 사람 역시 흘러가는 상황을 이제는 거의 파악했기에 눈치 없이 행동하진 않았다.

*　　　　*　　　　*

세 사람이 클레디안의 숙소에서 나와 막 시노프를 벗어나려고 할 때 치호가 걸음을 멈추며 미간을 찌푸렸다. 〈광인의 영역 선포〉에 감지되는 것들의 숫자가 점점 많아졌기 때문이다.

더욱이 일행을 포위하듯 조여오는 형세는 그리 마음에 드는 상황이 아니었다.

"치호? 왜 그래, 갑자기?"

"음… 아무래도 그냥 보내진 않을 모양인데?"

"그게 무슨 소리… 아… 루바란?"

대진은 치호의 말에 슬쩍 허리춤에 감겨 있는 채찍을 슬며시 쥐면서 말했다. 두 사람의 대화에 메이 역시 장갑을 끼우며 혹시 모를 사태에 대비하기 시작했다.

치호 일행의 발걸음이 멈추자 일행을 미행해 오던 녀석들은 더 이상 미행이 무의미해진 것을 알았는지 기척을 감추지 않고 빠른 속도로 일행을 포위하기 시작했다.

"이야! 거 봐, 내 말이 맞지? 이럴 줄 알았다니까? 형씨 또 만나네?"

일행을 포위하며 쫓아온 인물은 바라모였다. 바라모는 대진을 보며 반가운 듯 인사했지만 대진은 그렇지 못했다.

"으… 이 지겨운 놈. 우리랑은 관계없대도 그러네? 왜 자꾸 쫓아다녀? 우리랑 뭔 원한졌어? 어?"

대진은 짜증을 참지 못하고 바라모에게 소리쳤다. 하지만 바라모는 변죽을 올리며 대진의 말을 받아쳤다.

"에… 사실 말이야. 아무리 생각해도 이상하더란 말이지. 우리랑 마주친 다음부터 집에 처박혀서 나오지도 않지, 그렇다고 사냥을 가는 것도 아니지. 그런데 오늘 보니 우리가 찾고 있던 형씨랑 같이 있네? 내 감도 아직 죽진 않았나 봐? 크하하하."

아무래도 다른 이들의 눈에 띄지 않으려 숙소에서만 지냈던 것이 바라모의 신경을 자극한 것 같았다. 뭔가 켕기는 게 있으니 몸을 사리는 것으로 판단하고 집요하게 대진을 지켜본 것이다.

"으… 그래서 뭐 어쨌다고! 우리한테 원하는 게 뭔데 대체?"

"아니, 별건 없고… 카바토, 그게 필드의 지배자 맞지?"

"뭐? 필드의 지배자? 무슨 뚱딴지 같은 소리야?"

대진은 어이없어하며 대답했지만, 치호는 바라모의 입에서 나온 필드의 지배자란 단어에 흥미롭다는 듯이 바라모를 주시했다.

루바란 길드에서는 지금 필드의 지배자를 찾고 있었던 것 같았다. 그러던 도중 카바토에 대해서 들었고 그 정도 괴물이라면 필시 필드의 지배자라고 생각해 자신을 찾은 것이다.

"뭐, 모른 척 해봐야 소용없어. 이미 알아본 건 다 알아봤으니까. 같지 좀 가지? 길드장이 꼭 좀 만나고 싶어 해서 말이야."

바라모는 대진의 대답은 신경도 쓰지 않는다는 듯 포위망을 좁혀왔다. 치호의 감각에 걸리는 수만 해도 100명은 가뿐히 넘는 걸로 보아 아무래도 녀석들도 준비를 단단히 하고 온 것 같았다.

그런 녀석들을 보며 치호는 피식 웃으며 말했다.

"싫다면?"

치호의 대답에 바라모가 미간을 씰룩이며 말했다.

"싫으면 강제로라도 데려가는 수밖에 더 있나?"

"강제로?"

"그래, 우리 숫자 보이지? 쓸데없이 힘 빼지 말자고."

"아? 숫자, 숫자가 문제로군. 98인의 악몽."

치호는 망설임도 없이 악몽들을 모조리 소환하자 그와 동시에 치호의 등 뒤로 98인이나 되는 악몽들이 동시에 시립해 마치 군대처럼 오와 열을 맞추고 섰다.

98인의 악몽들을 처음으로 모조리 소환한 탓인지 뭔가 새로운 메시지가 떠올랐지만, 지금은 그것을 신경 쓸 겨를이 없었다.

치호는 그저 자신의 뒤편에 시립한 98인의 악몽들을 보고 난 후 바라모에게 말했다.

"이쯤 되면 숫자는 얼추 맞춰진 것 같은데. 어때?"

치호의 말 한마디에 일순 바라모의 세력과 치호의 일행 사이의 공기가 차갑게 얼어붙는 것 같았다. 갑자기 늘어난 숫자에 당황한 듯했지만 바라모는 재미있다는 듯 말했다.

"크흐흐. 이거 영 싱거울 줄 알았더니… 재미있겠는데?"

바라모가 무기에 손을 올리며 공격 명령을 내리려 움찔하는 순간 두 사람 사이에 한 줄기 빛이 떨어져 내렸다.

"잠깐! 바라모, 멈춰."

등장한 것은 레핀이었다.

루바란 길드의 길드장 일리야 레핀.

그가 직접 모습을 드러낸 것이다.

"후우… 늦진 않은 것 같군"

빛무리에서 모습을 드러낸 레핀이 안도의 한숨을 크게 내쉬며 바라모를 바라보며 말했다

"바라모. 내가 정중히 모셔오라고 했지, 언제 이런 식으로 행동하라고 했었나?"

"거 까칠하게 굴지 맙시다. 그냥 가겠다는 거 겨우 붙잡아 놨구만. 찾은 것만 해도 용한 거라니까?"

"바라모, 언제 강자가 출현해도 이상하지 않을 곳이 이 테스터필드다. 언제나 변수를 생각하고 움직여라. 너의 판단 하나에 길드원들의 목숨이 달려 있으니까."

"알았수. 거 참 걱정하고는, 흠흠."

빛과 함께 나타난 레핀은 바라모를 타박했지만, 진심으로 바라모를 걱정하는 눈치였다. 그러면서도 막 나갈 것 같던 바라모가 레핀의 말 한마디에 진정하는 걸 보면 레핀의 카리스마가 길드를 확실히 휘어잡고 있는 것 같았다.

그런 레핀이 치호에게 미안한 표정으로 말했다.

"바라모가 실수했군. 내가 대신 사과하지."

"아아, 괜찮아. 실수할 뻔한 거지, 아직은 실수하진 않았으니까."

"그렇게 생각해 주니 고맙군. 자네하고 이런 식으로 마주칠 줄은 몰랐는데… 참 재미있군. 하하하."

레핀은 주위를 둘러보며 지금껏 가지고 있던 의문이 이제야 풀렸다는 듯 시원하게 웃었다. 주변의 긴장된 분위기와는 사뭇 어울리지 않았지만 그 웃음 덕에 두 세력 사이에 긴장이

완화되는 듯했다.

"역시 믿는 구석이 있었군. 내 제안을 거절할 때는 혹시나 했는데 이런 세력을 가지고 있었다면 납득이 가는군."

레핀은 치호의 뒤에 시립한 악몽들을 보고 뭔가 오해를 하는 것 같았지만, 치호는 굳이 그 오해를 풀어줄 필요를 느끼지 못했다.

"뒤에 있는 이들이 카바토 사냥 당시 함께 활약한 이들이겠지? 불사의 군대라고 소문이 자자하더군. 과연 그런 별명을 가질 자격이 충분해 보이는군. 여기까지 그 기세가 찌릿찌릿한 걸 보면 말이야."

치호는 자꾸만 용건을 이야기하지 않고 빙빙 돌려 말하자 슬슬 짜증이 올랐기에 레핀에게 물었다

"그래. 날 찾은 이유가 뭐지? 뭐 길드 가입 따위나 제안하려고 날 찾은 것 같지는 않고 말이야."

치호는 단도직입적으로 물었다. 지금 이런 상황에 서로 간의 긴말은 필요치 않았기 때문이다. 레핀은 그런 치호를 보고 피식 웃으며 본론을 꺼내기 시작했다.

"급하긴. 자네가 카바토를 쓰러뜨린 게 사실인가? 그 카바토가 필드의 지배자겠지?"

레핀은 슬슬 본론을 말하는 것 같았다. 과연 치호의 예상대로 레핀은 필드의 지배자에 관심이 많은 것 같았다. 하지만

레핀의 예상과는 달리 카바토는 필드의 지배자가 아니었기에 치호가 알고 있는 대로 솔직하게 이야기해 주었다.

"아니 카바토는 지배자 후보였을 뿐 지배자는 아니다. 한데 지배자는 왜 그렇게 찾는 거지? 무슨 이유라도 있나?"

"지배자가 아니라… 정말인가?"

"물론."

치호는 한 치의 거짓도 없이 진실을 말했지만 도저히 믿으려 하지 않았다. 특히 바라모는 두 사람의 대화를 듣다가 참지 못하고 튀어나와 말했다.

"대장 뭘 그리 주저리주저리 이야기하는 거요. 그냥 조지고 뺏읍시다. 카바토가 지배자가 틀림없대도? 대장도 보고 들어서 알잖수. 그 정도만 한 괴물은 이 필드에 알려진 바 없다는 걸."

바라모는 레핀을 향해 말했지만 레핀은 섣부르게 움직이지 않았다. 그는 길드장이었기에, 그리고 바라모보다 한 수 위였기에 어렴풋이 느끼고 있는 것이다.

치호의 대한 막연함을.

뭔가 강할 것 같지는 않은데 약할 것 같지도 않다

마치 일부러 미끼를 놓고 사냥감을 기다리는 사냥꾼처럼 고요하지만, 역동적인 무엇인가가 느껴졌다. 그렇기에 함부로 치호에 대한 대응을 결정하지 못했다.

더군다나 치호 뒤에 시립해 있는 녀석들은 처음부터 지금 껏 미동도 없이 치호의 명령만 기다리고 있는 듯했다. 저런 상 대라면 쪽수가 조금 앞서더라도 큰 피해를 감수해야 할 것이 기에 쉽사리 명령을 내리지 못하는 것이다. 그때 치호가 레핀 의 상념을 깨며 말했다

"레핀, 카바토 필드의 지배자가 아니다. 원한다면 '죽음의 서약'이라도 쓸 테니 괜한 충돌 일으키지 마라."

"죽음의 서약… 진심인가?"

"그래. 죽음의 서약 앞에 거짓은 있을 수 없겠지. 이만하면 나도 해줄 만큼은 해준 것 같은데… 그럼에도 못 믿겠다면 어 쩔 수 없다. 이쪽에서도 마땅한 대응을 하는 수밖에."

레핀은 치호가 '죽음의 서약'을 쓴다는 말에 미간을 찌푸렸 다. '죽음의 서약'이 나온 이상 목숨이 두 개가 아니라면 그것 은 진실일 수밖에 없기 때문이다.

결국 레핀은 입술을 깨물며 욕지거리를 내뱉듯 말했다.

"제길, 또 허탕인가."

레핀이 혼잣말로 중얼거리자 그제야 둘 사이의 긴장감이 좀 해소되는 것 같았다. 다소 풀린 분위기에 치호가 궁금한 것을 물었다.

"그런데 대체 왜 필드의 지배자를 찾는 거지? 특별한 이유 라도 있나?"

레핀은 치호의 물음에 한숨을 푹 쉬며 이야기했다.

"그래. 우리도 네 번째 필드를 준비하고 있으니까."

"네 번째? 그것하고 필드의 지배자와 무슨 상관이 있지?"

"아직 모르고 있었나? 지배자를 처리하면 '필드의 정수'를 획득할 수 있지. 그런데 그게 묘한 기능을 갖고 있거든."

치호는 정수를 가공하며 획득했던 힘을 왜곡한다는 특징 외에 다른 특징이 있는 것인가 하고 레핀의 말에 집중하기 시작했다.

"그것을 사냥 그룹의 리더가 통로에 들어가기 직전 깨고 들어가면 같은 사냥 그룹, 즉 길드원들과 뿔뿔이 흩어지지 않고 동일한 장소에서 시작을 할 수 있지."

"호오, 그래? 그런 식으로도 사용할 수 있었나?"

"필드의 정수에 관해 나름 조사한 게 있지. 하지만 정보를 얻는 것도 여간 힘든 게 아닌 데다 단순히 지배자를 찾는 것조차 이렇게 힘이 들다니. 제길."

치호는 일전에 정수를 가공할 때 다양하게 쓸 수 있을 것 같다고 예상은 했지만 이런 식으로 사용될 줄은 몰랐기에 레핀의 말이 흥미로웠다. 하지만 레핀과 사이좋게 정보나 교환할 만큼 친밀한 사이는 아니기에 얼른 분위기를 정리하며 말했다

"아무튼 우린 그만 가도 되겠지?"

"좋을 대로."

"대장 정말 이러기유? 저놈들 뭔가 숨기고 있다니까? 내 감이 틀린 것 봤수?"

"바라모, 그만해라."

레핀은 바라모를 말리며 떠나려는 치호의 등 뒤로 말했다

"이봐 치호. 다음 필드로 가는 건가?"

"그래. 네 번째 필드에서 만나야 할 사람이 있거든."

"그런가. 우리도 곧 따라가지. 하지만 다시 만날 때는 우리도 달라져 있을 거야. 하지만 그때도 이렇게 좋게 끝나리란 보장은 없어."

치호는 레핀의 말에 피식 웃으며 말했다.

"그때의 나도 지금의 나완 다르겠지만, 다음 필드에선 만나지 않았으면 좋겠군."

"뭐 그게 우리 뜻대로 되겠나? 만날 인연이면 만나는 거지."

치호는 레핀은 가볍게 인사를 나누고 시노프를 벗어나는 발걸음을 옮겼다. 그 뒤로는 메이와 대진 두 사람과 98인의 악몽들이 한 치의 흔들림도 없이 치호를 따랐다.

사실 레핀 역시 바라모의 말처럼 치호 일행에 대해 미심쩍은 마음을 떨칠 수 없었다. 하지만 직접 치호의 세력과 대치한 결과 승패를 장담할 수 없을 만큼 만만치 않았고 오로지 심증만으로 적대적 행위를 하기엔 너무 위험부담이 컸다.

더욱이 치호 옆에 있는 두 사람.

레핀은 '영광의 기록서'에 치호의 이름이 오르자마자 직접 가서 얼굴을 확인할 만큼 기록서에 등재된 인물에 대해 민감하게 받아들이고 있었다.

그렇기에 치호 옆에 서 있는 메이를 알아본 것이다. 그녀 또한 치호와 마찬가지로 '영광의 기록서'에 '집요한 추격자'란 이름으로 등재된 인물이란 것을 알아챈 것이다.

벌써 상대 세력에는 기록서에 등재된 인물이 둘이나 있는 상황이다. 그뿐이었다면 한번 붙어볼 만도 했을 테지만 레핀은 그러지 않았다.

대진의 존재 때문이다.

기록서에는 등재되지 않았지만 이미 두 번째 필드에서 단신으로 교단의 인물 61명을 상해를 입히고 도주한 대진.

사살도 아니고 오로지 상해만을 입히고 도주해서 교단에 수배되었던 인물이다. 그게 얼마나 어려운 것인지를 알기에 그의 실력 또한 무시할 수 없었다.

더욱이 그 일이 두 번째 필드에서의 일이다. 지금이라면 얼마나 강해졌을지 추측할 수 없기에 레핀은 물러선 것이다.

치호는 자신도 모르게 이미 길드조차도 쉽게 건드리지 못할 정도의 세력을 갖춘 것이나 다름없었다. 거기다가 상대적으로 부족할 수 있는 인원수는 98인의 악몽을 모두 소환하는 것으로 충분히 감당할 수 있었다. 이미 한계치인 98인의 악몽 전부를 소환할 수 있는 마력을 확보했기 때문이다.

그런 힘의 역학관계가 네 번째 필드에 가서는 또 어떻게 변할지 확실하지 않지만 지금은 치호가 가진 무력이 세 번째 필드 안에서 충분히 수위에 드는 정도가 된 것이다.

단일 무력으로도, 세력으로도.

물론 그런 것을 알아본 레핀도 보통은 아니었기에 그 역시 다음 필드로 넘어가게 되면 충분히 강해질 여지가 보였다.

하지만 지금은 치호의 뒷모습을 분한 표정으로 바라볼 수밖에 없었다.

                    *   *   *

"충돌은 없어서 다행이야. 난 또 한판 하는 줄 알았다니까?"

"그러게요. 사람끼리 싸우는 건… 영 싫거든요. 괴물끼리 싸우기도 바쁜데 굳이 사람끼리 싸울 필요 없잖아요?"

"그나마 치호의 그 스킬… 그 친구들이 있었기에 망정이지 만약 우리 셋만 있었으면 아마 결과는 또 달라졌을걸?"

대진과 메이는 루바란과 대치하던 때를 떠올리며 안도의 한숨을 내쉬었다. 자칫 인간끼리 전투를 벌여야 했을지도 몰랐기 때문이다. 치호는 두 사람의 대화를 들으면서 주위를 살폈다.

혹시라도 〈광인의 영역 선포〉 스킬이 감지하지 못한 것 없는지 직접 꼼꼼히 살폈다.

"음… 이쯤이 좋겠군. 거점과도 좀 떨어져 있는 곳이고. 어때?"

치호는 이쯤에서 다음 필드로 넘어가기 위한 통로를 열 생각인 것 같았다. 그렇기에 두 사람의 의견을 물은 것이다.

"저도 이쯤이면 괜찮을 것 같아요."

"뭐, 아무 데나 가면 어때. 그나저나… 진짜 다음 필드로 넘어가면 헤어지게 되는 건가? 막상 그렇게 생각하니 좀 서운한데?"

"그래도 〈영혼의 메아리〉가 있으니 금방 만날 수 있겠지."

치호가 대진을 다독이며 말했다. 그러면서 다시 한 번 당부했다.

"노파심에서 하는 이야기지만… 만약 필드에서 위기상황이면 무리하지 말고 연락을 하도록. 더 이상 혼자 감당할 필요는 없으니까."

"하하. 그렇게 생각하니 또 마음은 좀 편한데? 후우… 좋아! 이제 슬슬 가자."

"아저씨들! 금방 다시 만날 테니까 작별인사 같은 건 생략해도 되죠? 헤헤."

치호는 역시 네 번째 필드에서는 가능하면 빠르게 합류해 함께 움직일 생각이기에 더 이상 별다른 이야기는 하지 않기로 했다. 자세한 사항은 〈영혼의 메아리〉를 통해 네 번째 필드의 상황을 보고 이야기해도 충분할 것이기 때문이다.

"통로 개방!"

세 사람은 동시에 외쳤고 동시에 모래가 갈라지며 익숙한 통로가 나타났다. 통로가 완전히 모습을 드러내자 낯익은 메시지가 세 사람의 눈앞에 떠올랐다.

〈새로운 통로를 개척한 당신. 통로 개통의 사실을 모든 테스터에게 공개하시겠습니까? 공개하면 해당 지점은 새로운 거점으로 등록되고 '영광의 기록서'에 그 이름이 올라가는 영예와 보상이 지급됩니다.〉

세 사람 모두 비공개를 선택하자 통로가 1회용으로 개방된다는 메시지와 함께 카운트가 시작되었다.

[10]

[9]

"네 번째 필드에서 다시 만나지."

"언제나 필드를 넘어가는 일은 긴장되네요. 헤헤."

"으… 거점을 잘 찾을 수 있겠지?"

[1]

[0]

카운트가 끝남과 동시에 익숙한 빛이 세 사람을 감쌌고 그 빛이 사라짐과 동시에 통로는 아무 일도 없다는 듯이 다시금 모래 속으로 사라져 뜨거운 태양만이 모래를 반짝반짝 비출 뿐이었다.

제5장
짐승을 탄 자들

통로 간의 이동은 이제 치호도 익숙한지 별다른 거부감이 들지 않았다. 오히려 통로를 통과하는 그 짧은 찰나의 순간에도 무엇인가를 찾아보려고 온 신경을 집중할 뿐이었다.

지난번 통로를 이동할 때 이상한 기운을 느꼈던 것이 떠올라 온 이동의 순간에 집중한 것이다.

'내 착각이었나.'

통로를 통과하는 그 찰나의 순간에 지난번 느꼈던 미지의 기척을 찾아보려 했지만 치호의 바람은 이루어지지 않았다.

뭔가 잡힐 듯 말 듯할 때 치호는 빛무리에 싸여 통로를 넘어 네 번째 필드에 도착해 버린 것이다.

이번에는 작정하고 통로를 통과할 때를 노려서 집중했지만 별다른 기적은 잡지 못했다. 이러한 결과에 치호는 고개를 갸웃거릴 뿐이었다.

'그때 내가 너무 과민했을지도 모르겠군. 뭐… 이번만 기회가 아니니 다음번에 확인해 보면 그땐 확실해지겠지.'

치호는 뭔가 꺼림칙하다는 표정을 하면서도 재빠르게 주변을 둘러봤다. 네 번째 필드는 어떤 환경인지를 파악하기 위해서였다.

'생각보다… 쾌적한 거 같군.'

세 번째 필드에서는 극한의 열기를 자랑하는 열사의 대지였기 때문에 혹시 이번에는 또 자극적인 환경이지 않을까 싶었는데 그런 것은 아닌 모양이었다.

치호가 주변을 둘러보았을 때 가장 눈에 띄는 것은 푸른 하늘이었다. 구름 한 점 없는 맑은 하늘은 맑게 햇살을 내리비추었고 수풀이 적당히 우거져 있어 기후도 선선하게 느껴졌다.

춥지도, 그렇다고 덥지도 않고 적당한 온도였다. 게다가 우뚝 솟은 나무에는 열매도 매달려 있는 게 식량 걱정은 하지 않아도 될 것 같았다.

〈광인의 영역 선포〉나 치호의 감각에 걸리는 특별한 것은 느껴지지 않았다. 그렇기에 긴장을 다소 풀고 〈틸베른의 속임수〉를 이용한 지도 창을 살폈다.

과연 〈틸베른의 속임수〉를 이용한 지도 창에는 예상대로 가장 가까운 거점이 표시되어 있었다. 치호의 지난 경험을 비추어봤을 때 통로를 통과하자마자 이렇게 빨리 거점을 찾기는 처음이었다.

'일단 거점부터 들러서 이곳 사정을 좀 파악해 봐야겠군.'

치호는 네 번째 필드에 관한 정보를 얻기 위해 지도에 표시된 거점으로 향했다. 이동하면서 네 번째 필드에 오자마자 새롭게 떠오른 메시지들을 차분하게 확인할 생각이었다.

하지만 그런 치호의 행동은 머릿속에 들려오는 음성들 때문에 얼마 가지 못했다.

— 아아, 들려? 들리는 거야? 대답을 좀 해봐.

— 아고… 깜짝 놀랐잖아요! 근데 이게 진짜 되긴 하네요?

— 응? 치호는? 치호는 왜 대답이 없어?

대진과 메이였다.

두 사람 역시 네 번째 필드에 무사히 도착한 것 같았다. 게다가 〈영혼의 메아리〉까지 사용하는 걸 보면 어느 정도 안전도 확보된 것 같았다.

치호는 안도의 한숨을 내쉬며 대답했다.

— 그래, 나도 잘 도착했다.

— 후… 거긴 어때? 여긴 세 번째 필드랑 별다를 것 없는 날씬데.

— 별다를 것 없다고?

— 그래, 여기는 너무 더워. 제길, 좀 더 나은 곳을 찾아왔더니 똑같다니 이런 경우가 다 있나.

대진의 말을 들어보던 치호는 고개를 갸웃거렸다. 지금 치호가 있는 곳과는 기후가 다르기 때문이었다.

그런 의문은 메이 역시도 느꼈는지 바로 대화에 끼어들며 말했다.

— 대진 아저씨, 그쪽은 더워요? 이쪽은 엄청 추워요! 으… 〈상티의 항상〉을 종류별로 구매해 두지 않았으면 낭패 볼 뻔했어요.

— 뭐? 그쪽은 춥다고? 이런… 치호! 그쪽은 어때?

— 이쪽은 날씨가 아주 좋아. 춥지도, 그렇다고 덥지도 않군.

치호는 대화를 듣고 이번 필드는 기후가 각각 다르다는 것을 깨달았다. 아니, 지금까지 모든 필드가 지금 이런 식으로 기후가 달랐지만 거리가 너무 멀어 그런 정보를 얻지 못했는지도 몰랐다.

하지만 지금은 〈영혼의 메아리〉를 통해 손쉽게 새로운 정보를 얻은 것이다. 치호는 가만히 생각하더니 두 사람에게 말했다.

― 일단은 가장 가까운 거점을 찾지. 정보를 좀 찾아봐야겠어. 네 번째 필드가 특이한 건지 아닌지 확실치 않으니까.

치호의 말을 들은 두 사람 역시 의도를 파악했는지 각자 거점을 파악하겠다고 말하고 연락을 끊었다.

아무래도 이곳 네 번째 필드는 지금까지와 뭔가 다른 듯한 느낌이 들었기에 치호도 빠르게 거점을 향해 이동할 생각이었다.

'먼저 메시지부터 확인하고 이동해야겠군.'

치호는 빠르게 움직일 생각이었기에 한가하게 메시지를 확인하면서 걸어갈 순 없었다.

빠르게 메시지를 확인하고 움직여야 할 것 같았기 때문이다.

〈네 번째 테스트 필드에 도착하였습니다. 수련 테스터의 자격에서 전문 테스터로 자격이 격상됩니다.〉

〈새로운 통로를 개척해 필드에 도착했습니다. 탐색자에서 정복자로 격상된 자격을 부여합니다.〉

〈해당 필드에서부터는 일괄적으로 자격의 증명을 요구하지 않습니다. 자유롭게 행동하여 스스로 자격을 증명하세요.〉

'흠… 정복자라.'

치호는 떠오른 메시지를 읽으면서 생각을 정리하고 스테이터스 정보창을 띄웠다. 이번 필드에서는 어떤 상황이 올지 모르기 때문에 자신의 상태를 확실히 파악하는 게 중요했기 때문이다.

〈스테이터스 상세〉

— 종족(격): 인간(전문 테스터 — 정복자)

— 이름: 황치호(Lv. 30)

— 특성: 불사의 괴인 [???]

— 직업: 진실의 탐구자

— 기본 능력(미지정 포인트 +19)

근력: 742[+0(682), +40%] 〉 1,039

지구력: 890[+0(880), +50%] 〉 1,335

민첩: 288+0(258), +40%] 〉 403

마력: 424[+0(299), +55%] 〉 657

기량: 447[+0(437), +40%] 〉 626

— 추가 능력: 이동 속도 +30%, 저항력 +70%

— 획득 칭호: 카미유 학살자, 고독한 사냥꾼, 종의 운명 결정자, 자이언트 킬링(3), 마지막 비원을 이룬 자(1), 감시자(3), 홀로선 자,

치호는 스테이터스 수치를 확인하고 상대적으로 수치가 가장 적은 민첩에 남은 미지정 포인트 19개를 모두 투자했다.

네 번째 필드로 온 이상 레벨 업을 하면 다시 포인트를 획득할 수 있기에 남은 것들을 정리한 것이다.

'스테이터스도 정리된 것 같고… 문제는 98인의 악몽이군. 어서 실험을 좀 해봐야 할 텐데.'

치호는 일전에 98인을 모조리 소환하였을 당시 떠오른 메시지를 떠올렸다. 애매한 메시지가 떠올라 있었기 때문이다.

[98인의 악몽 1차 자격 증명 완료.]
[1단계 제한 해제합니다.]
[악몽들이 더욱 능동적으로 움직일 것입니다.]

루바란 길드와 대치할 때 98인의 악몽을 모조리 소환했더니 떠오른 메시지였다.

다른 설명 따위는 없고 오직 저 메시지만 달랑 떠 있었기에 아직까지 저 의미가 정확하게 어떤 의미인지 파악할 수가 없었다.

'달무르, 대체 무슨 수작이냐.'

아무리 생각해도 달무르가 이 물건을 어떤 생각으로 만들었는지 의도가 파악되지 않았다. 더군다나 제한까지 걸어놓고 말이다. 능동적으로 움직인다는 것이 어떤 의미인지 모르나 앞으로 전투를 치르다 보면 자연스레 알게 될 일, 지금부터 조급해할 것은 없어 보였다.

'일단은 메시지도 다 확인했으니 거점으로 가봐야겠군. 거리가 좀 되니 서둘러야겠어.'

치호는 자신의 상태를 완전히 파악한 후 이동하기 시작했다. 치호가 있는 곳은 지면의 상태도 좋고 기후도 딱 생활하기 알맞은 조건이라 이동하는 데는 전혀 무리가 없었다.

그렇기에 치호는 빠른 속도로 이동을 시작했다. 아직 네 번째 필드에 관해 제대로 알지 못하다 보니 다른 변수가 나타나기 전에 거점으로 입성하고 싶었기 때문이다.

*   *   *

두두두두.

치호가 거점으로 향한 지 얼마 되지 않아 다시금 걸음을 멈추어야 했다. 지축을 울리는 짐승의 발굽 소리와 수많은 목소리가 한데 어우러져 맑은 하늘에 흙먼지를 뿜어 올리고 있었기 때문이다.

거기에 더불어 병장기 부딪히는 소리까지.

'…전쟁?'

치호는 그 소리의 근원지로 천천히 이동했다. 이동하면서 기척 따위는 숨기지도 않았다. 만약 치호가 생각하는 규모의 전투라면 기척을 숨기는 것은 큰 의미가 없었기 때문이다.

"돌격! 돌격하라! 더러운 1 군대를 모조리 쓸어버려!"

우아아아!

"흥! 저 더러운 사냥개들에게 물러서지 말아라! 오늘 밤 적들의 피로 축배를 들 것이다!"

끼이야하!

각 세력의 수는 약 1,000명씩 편제된 1개 대대 규모인 듯 보였고, 거친 함성과 함께 양쪽의 세력이 격돌해 뒤엉키기 시작했다.

한쪽 군대는 기마와 중갑을 비롯해 각종 무구들로 중무장한 군대였고 그 뒤로는 원거리 지원형 스킬을 가진 자들이 스킬을 난사하고 있는 모습이었다.

그리고 반대편 군대는 집채만 한 늑대를 비롯해 거대한 뿔이 위협적으로 보이는 사나운 짐승들을 타고 있었고 그 뒤로 양 팔다리와 입에 두꺼운 쇠사슬로 단단히 묶인 거대한 괴물들을 줄줄이 끌고 나왔다.

두 세력이 충돌했을 때, 사슬에서 풀려난 괴물들은 잠들어 있던 홍성을 격발하며 날뛰기 시작했다. 짐승을 탄 군세는 적들을 향해 거대한 뿔을 들이밀며 진격하여 기마를 탄 군세를 찢어발기기 시작했다.

각종 방어구를 입고 있어도 적들의 날카로운 적들의 공세를 버티기 힘들었는지 너무나 쉽게 사지가 찢어졌다.

방금까지 함께했던 동료가 순식간에 고깃덩어리가 되어버리는 처참한 광경을 보며 기마를 탄 군대는 잠시 망연자실했지만 이내 정신을 차리고 전열을 가다듬어 묵묵히 버텨냈다.

옆에서 몇 분 전까지만 해도 함께했던 전우가 괴물에 뜯어먹히고 살려달라는 비명을 질러도 이를 악물고 전선을 유지했다.

마치 무엇을 기다리듯이.

잠시 후 하늘이 울었다.

거친 신음을 토해내듯 목 놓아 울었다.

하늘의 울음이 멈추었을 때 전세는 역전되었다.

하늘에서는 불의 비가 쏟아지고 벼락이 떨어져 적들을 흠뻑 적셨다. 땅에서는 적들을 찢어발기는 날카로운 바람이 불었으며 적들의 더운 피를 게워내게 할 차가운 칼날이 땅에서 치솟아 올랐다.

동시에 중갑을 입은 전사들이 기다렸다는 듯 튀어나가 짐승의 군대를 도륙하기 시작했다.

일련의 장면은 마치 신화 속 신들의 전장을 재현하는 것 같은 모습이었다.

세 번째 필드에서 막 올라온 다른 테스터였다면 이 전장을 보고 넋이 나갈 법도 하건만 치호는 짜증 난다는 듯 표정이 구겨져 있었다.

"쯧… 저 병신들. 결국 이 지경까지 가는군."

치호는 전장이 더욱 치열해지자 짜증을 참다못해 거친 욕지기를 뱉으며 혀를 찰 뿐이었다.

지금 치호의 눈앞에 벌어지고 있는 일들은 치호가 막연하게 걱정하던 일이었다. 필드를 넘어갈수록 사람들은 뭉치고 자원이 풍부해졌다.

첫 번째 필드에서보다 두 번째 필드가.

세 번째 필드는 더더욱.

그래서인지 사람들이 점점 뭉치기 시작하는 것은 당연한 것 같았다. 그리고 세 번째 필드에서는 사람들이 길드라는 이름에 묶여 집단행동을 하기 시작했다.

그리고 지금 치호가 도착한 네 번째 필드.

지휘 체계가 갖추어진 군대로 보이는 이들이 인간들끼리 싸우고 있다.

마치 괴물을 대하듯 인간에게 스킬까지 난사하면서 말이다.

이런 모습을 보고 치호는 절로 짜증이 치밀어 올랐던 것이다.

'인간의 본성인가… 씁쓸하군.'

현대의 지구와는 다르게 괴물까지 나오는 이런 열악한 환경에서 인간들은 서로 돕기는커녕 파벌을 이루고 다시금 전쟁의 역사를 쓰는 것 같았다.

자세한 내막은 알아봐야 알겠지만 지금으로써는 저렇게 인간들끼리 싸우는 것이 좋게 보일 리 없었다.

사실 치호 역시 이런 상황을 예상하지 못한 것은 아니었다. 세 번째 필드에서 길드가 점점 발전해 가는 양상을 보면서 이런 경우가 나올 수도 있겠다는 우려를 한 적이 있다.

다만 그런 모습을 필드 하나를 넘어오자마자 마주치게 될 줄은 예상을 못했을 뿐이었다.

치열하게 전투하는 모습을 보며 치호는 멀찌감치 떨어져 그들을 지켜볼 뿐이었다.

두 세력이 싸우는 이유를 모르는 상황에서 어느 쪽에 끼어드는 것도 우스운 일이고 더욱이 저런 싸움에 끼어들고 싶지 않았기 때문이다.

두 세력의 싸움은 점점 치열해져만 갔고 잠시 전세를 역전시킨 듯 보였던 기마를 탄 세력은 충원된 괴물들 세력에 다시금 밀려 우세를 점치기 힘들었다.

그런 전투를 멀리서 지켜보던 치호는 이내 흥미를 잃고 다시금 움직이기 시작했다. 저런 인간끼리의 전쟁 따위 더 이상 지켜볼 가치가 없었기 때문이다.

더욱이 저런 전장을 보고 있자면 과거 지구에서 치렀던 전장의 기억이 떠올라 지켜보고 있기 거북하기만 할 뿐이었다.

차라리 그 시간에 조금이라도 많이 움직여 거점에서 정보를 수집하는 게 낫다고 판단한 것이다.

'후… 그런데 괴물들을 전장에서 사용한다? 재미있군.'

치호는 길을 떠나면서 전장에서 활약하던 괴물들의 모습을 떠올렸다. 세 번째 필드까지는 괴물들은 사냥의 대상이었다면 이 네 번째 필드에서부터는 뭔가 좀 달라진 것 같았다.

네 번째 필드에서부터는 기후 환경서부터 괴물들까지 많은 것들이 변한 것 같았다. 가능하면 빨리 거점에 도착해 정보를 알아보는 게 최우선일 것 같았다.

하지만 빠르게 거점으로 들어가고 싶어하는 치호의 마음과는 달리 이동하는 치호의 발걸음을 붙잡는 기척이 느껴졌다.

네 번째 필드의 괴물이었다.

치호는 〈광인의 영역 선포〉에 괴물이 감지되자마자 최대한 괴물들을 피해 움직였는데 아무래도 녀석들이 전장의 피 냄새를 맡고 몰려드는지 길을 피해 갈수록 점점 개체 수가 늘어나 더 이상 전투를 피하기 어려웠던 것이다.

더욱이 괴물들도 슬슬 치호를 눈치챘는지 치호에게 빠른 속도로 달려들고 있었다. 녀석들이 달려드는 빠른 속도로 보아 얼마 지나지 않아 마주칠 것이 뻔하기에 치호도 일전을 준비하기 시작했다.

'어쩔 수 없나? 준비해야겠군.'

치호는 천천히 파멸의 조각을 빼어들며 차라리 이번 기회를 이용해 네 번째 필드의 괴물들의 수준도 알아보고 새롭게 얻은 스킬도 시험해 볼 참이었다.

"세뮬라의 마력검."

〈세뮬라의 마력검〉은 발동과 동시에 치호의 검이 마치 검게 불타오르는 것 같은 착각을 불러일으켰다. 그러기도 잠시 이내 검은 불길이 응축되는가 싶더니 치호의 파멸의 조각을 둘러싸 단단하게 형태를 갖추기 시작했다.

마력검의 형태가 완성되었을 때 치호의 속성이 추가되어서인지 치호의 파멸의 조각은 마력이 감싸 검게 빛나고 있었다.

'이게 마력검인가?'

검게 빛나고 있는 파멸의 조각은 치호가 보기에도 빨려 들어갈 것 같은 어둠을 간직한 채 빛나고 있어 마치 그 어떤 것이라도 벨 수 있을 것 같은 느낌이 들었다.

치호의 스킬로 강화된 파멸의 조각을 보면서 이리저리 테스트하고 있을 때 새롭게 메시지가 떠올랐다.

〈마력을 더 투자하시겠습니까?〉

〈세뮬라의 마력검〉은 마력을 투자할수록 검신의 길이가 더욱 길어지는 스킬이기 때문에 추가적인 메시지가 떠오르는 것 같았다. 치호는 마력을 얼마나 투자해야 할지 감이 오지 않았기 때문에 적당히 100 정도의 마력을 투자하기로 했다. 마력 100은 마력검을 만드는데 드는 소모자원과 같은 양이기 때문이다.

"마력 100 투자."

치호가 투자한다고 말을 하자마자 파멸의 조각의 검신은 엿가락처럼 늘어나는 것처럼 보였다. 그러더니 이내 기존의 검신보다 두 배 정도 더 길어진 3m 가량 되어 보이는 길이의 검신이 완성되었다.

'이런 식이군. 마력이 부담스럽지만 아주 쓸 만해.'

지금 치호가 들고 있는 검의 모습은 기존 파멸의 조각이 가진 검신에 검은 마력이 둘러싸, 모양 그대로를 확대시켜 길이가 늘어난 것 같은 모습이었다.

그러면서도 치호가 느끼기에 무게나 무게중심이 변하지 않아 쓰기에도 전혀 거부감이 없을 것 같았다.

'마력검의 강도나 절삭력 같은 것은 전투를 치르면 알 것이

고… 다음은 악몽들인가?'

치호는 이번 기회에 스킬을 테스트라도 하듯 악몽들을 불러내었다.

"10인의 악몽."

치호는 일단 10인의 악몽만 소환하기로 했다. 어떻게 변했을지 모르기에 섣불리 대량의 악몽을 부르는 것을 피한 것이다.

하지만 기존과 마찬가지로 팔찌는 완갑 형태로 변함과 동시에 검은 연기를 뿜어내며 악몽들을 소환하기 시작했고 소환된 악몽들은 이전과 변함없이 치호의 뒤에 시립해 명령만 기다리는 것 같은 모습이었다.

'별다른 변화는 모르겠는데… 흠.'

잠시 소환된 악몽들을 둘러보고 싶었지만, 치호에게 그런 시간은 허락되지 않았다.

달려오던 괴물들이 치호에게 당도해 그 모습을 드러낸 것이다.

우지직.

키시시시싯!

주변의 나무들을 마구 부러뜨리며 나타난 녀석은 기묘한 울음을 토해내며 치호와 악몽들을 노려볼 뿐이었다.

'거미?'

나타난 녀석들의 모습은 얼핏 보면 거미와 닮아 보였다. 크기는 8m는 훌쩍 넘어 보였고 거미처럼 불룩한 배가 특징이었다.

더욱이 가슴에는 4쌍의 다리가 달려 그 거체를 단단하게 버티고 서 있는 것은 물론이고 다리 끝이 뾰족해 다리 하나하나가 마치 잘 벼려놓은 창처럼 위협적이었다.

전체적으로는 거미와 비슷한 모습이었는데 다만 머리 부분이 달랐다. 거미의 머리가 있어야 할 자리에 사람의 상반신이 달려 있는 모습이었다. 얼핏 보면 사람이 거미를 타고 있는 것처럼 보였지만 그런 게 아니라 아주 융합되어 있는 듯한 모습이었다.

더군다나 녀석의 몸에 달린 사람은 눈이 8개고 어깨뼈 부근에 사마귀의 손과 같은 날카로운 다리가 달려 있었다. 게다가 입은 얼마나 큰지 귀까지 찢어져 있어 기묘한 울음을 토해낼 때마다 날카로운 이를 드러내는 것이 치호를 위협하는 듯했다.

그런 기괴한 모습을 한 괴물들이 속속들이 치호 주변으로 몰려들고 있는 것이었다.

'이번 필드는… 혐오스럽군.'

지난번 필드까지는 괴물이라고 해도 이런 식으로 엉망인 모습이 아니었다.

지금 마주친 괴물은 마치 누군가가 만들다 만 실패작처럼 엉망이었다. 더군다나 침까지 질질 흘리며 8개의 눈을 사방으로 뒤룩뒤룩 굴리는 모습을 보자 녀석을 빨리 처리해야겠다는 생각이 들었다.

녀석이 울음을 토해낼 때마다 주변의 괴물들이 점차 몰려드는 듯한 반응을 보였기 때문이다.

지금 치호 주변에 모습을 드러낸 괴물들은 도합 5마리.

빠르게 처리하고 자리를 떠야 할 것 같았다.

"괴물들을 빠르게 처리한다."

치호는 자신의 정면에 있는 괴물에게 쇄도하기 전 악몽들에게 명령을 내렸다. 그러자 악몽들은 이전과 마찬가지로 즉시 반응하며 괴물들에게 쇄도했다.

지금까지 악몽들의 모습을 보면 전혀 달라진 모습이 없기에 치호는 고개를 갸우뚱하려는 찰나 악몽들이 소리치기 시작했다.

"진정한 투사들이여, 물러서지 마라!"

"돌아가라, 악의 종자여."

"다리부터 노려 놈들을 무너뜨린다!"

악몽들이 뛰어드는 것을 보고 치호 역시 괴물에게 달려들려는 찰나 악몽들의 예상치 못한 변화에 치호의 움직임이 멈추었다.

'말을 해?'

악몽들은 지난번 폐허가 된 신전의 '생과 사가 역전된 공간'에서 겪었던 비슷한 행동을 보이기 시작한 것이다.

더욱이 그들의 움직임은 마치 서로 간의 대화를 나누는 것처럼 전략을 짜고 괴물들의 약점을 공략해 나가기 시작했다.

'자아가 깃드는 것인가? 그럴 리가… 전투가 끝난 후 확인해 봐야겠군.'

더욱이 평소라면 제 몸을 생각하지 않고 달려드는 악몽들의 전투 스타일 때문에 치호의 검은 힘이 팔찌로 마구 빨려들었을 테지만 지금은 달랐다.

악몽들이 마치 전략을 사용하듯 움직이자 악몽들의 피해도 최소화되어 치호의 검은 힘을 가져가는 양이 확연히 줄어든 것이다.

치호는 악몽들의 변화를 좀 더 관찰하고 싶었지만 더 이상 그럴 수 없었다. 괴물들이 멍하니 악몽을 관찰하는 치호를 가만 내버려 두지 않았기 때문이다.

키이이익!

괴물 중 하나가 치호를 향해 쇄도하며 거체를 들이밀었지만 능숙하게 피하며 검게 빛나는 파멸의 조각을 가볍게 녀석의 다리에 휘둘렀다.

쓰걱.

키에에에엑!

'호오.'

엄청난 무게를 지탱하고 있는 저 튼튼해 보이는 다리가 치호의 단 한 번의 공격에 단숨에 잘려 나갔다.

더욱이 온 힘을 다해 휘두른 것도 아니고 슬쩍 견제하려는 정도의 느낌으로 휘두른 것인데 너무나 쉽게 괴물의 자리가 잘려 나간 것이다.

〈세뮬라의 마력검〉이 절삭력을 높인다더니 그것이 정말인 듯 아주 기분 좋게 녀석의 다리를 잘라낸 것이다.

괴물의 잘려 나간 다리에서는 녹색의 진득한 액체가 뿜어져 나오고 있었고, 녀석 또한 고통을 느끼는지 괴성을 지르기 시작했다.

'귀찮아지는군.'

그 괴성은 단순히 고통에 찬 비명이 아니었는지 치호의 감각에 걸려 있는 다른 괴물들이 빠르게 치호를 향해 달려오는 게 느껴졌다.

'이제 대충 실험은 끝났으니… 사냥을 시작해 볼까?'

변화된 악몽들도, 새롭게 얻은 스킬 〈세뮬라의 마력검〉도 확인을 끝냈고 어떤 식으로 힘을 사용하는 지도 감을 잡았으니 이제는 사냥을 시작할 시간이었다.

악몽을 더 부를 필요도 없이 빠르게 사냥을 끝낼 심산인지 치호는 나지막하게 스킬을 외쳤다.

"투사의 발걸음!"

치호가 스킬을 외치고 괴물들에게 달려들자 치호의 발걸음 뒤로 검은 불길이 치솟기 시작했다.

제6장

거점의 성벽 Ⅰ

치호는 〈투사의 발걸음〉을 사용하자마자 거미형 괴물에게 달려들어 다시 한 번 다리를 베어냈다. 〈세뮬라의 마력검〉을 시험하며 잘라낸 쪽 방향을 다리를 모조리 잘라낼 심산이었다.

그래야 괴물에게 올라탈 수 있는 최소한의 길이 마련될 것 같아 보였기 때문이다.

"후읍!"

쓰컥!

키에에엑!

괴물에게 달려들었을 때 창처럼 날카로운 다리가 치호를 단숨에 꿰뚫을 기세로 날아들었지만, 〈투사의 발걸음〉을 사용하고 있는 치호에게 그런 발버둥은 전혀 통하지 않았다.

쿠웅!

치호가 한쪽 다리를 모조리 잘라내었을 때 괴물은 더 이상 무거운 거체를 지탱할 수 없는지 흙먼지를 일으키며 쓰러졌다.

괴물이 허점을 드러낸 찰나의 순간이었고 그런 기회를 놓칠 치호가 아니었다.

찌이익!

재빨리 녀석에게 튀어 올라 단숨에 불룩한 배를 갈라 버린 것이다. 녀석의 배는 단단한 껍질에 둘러싸여 있는 듯했으나 파멸의 조각에 〈세뮬라의 마력검〉이 더해지자 괴물의 배는 두부 갈리듯 갈라져 연한 속살을 드러낼 수밖에 없었다.

그와 동시에 퍼지는 녀석의 괴성.

키에에엑!

치호는 녀석의 괴성을 듣고 괴물을 처리했다는 새로운 메시지가 떠오르길 기대했으나 메시지는 떠오르지 않았다.

'어째서?'

괴물이 쓰러졌지만 아무리 기다려도 메시지가 떠오르지 않자 의아해진 치호는 쓰러진 녀석을 다시금 돌아볼 수밖에 없었다.

그리고 확인한 광경은 치호의 입에서 거친 욕지기가 나오기 충분했다.

"제길."

끼익. 끼익.

치호가 녀석을 상대하며 갈라 버린 배에서 괴물의 새끼처럼 보이는 것들이 마구 쏟아지고 있었기 때문이다. 그 수만 해도 어림잡아 수백은 될 것 같아 보였다. 어떻게 저만한 숫자의 녀석들이 저 괴물의 배에서 꾸역꾸역 나오는지 의아할 따름이었다.

쏟아지는 새끼 괴물은 크기가 1m 쯤 되어 보여 성체 괴물에 비하면 크게 위협이 될 만한 크기는 아니었다.

하지만 그 수가 문제였다. 더욱이 어미의 몸 밖으로 나온 새끼 괴물들은 어미를 죽인 것이 치호인 것을 어떻게 알았는지 일제히 치호를 향해 달려들기 시작한 것이다.

'골치 아프군.'

그 순간 악몽과 싸우던 다른 괴물도 숨이 끊어지는 듯한 소리가 들렸다.

악몽들이 처리한 괴물은 불룩한 배 부분이 손상되지 않았음에도 불구하고 쓰러지자마자 배 안쪽이 찢어지더니 어김없이 새끼 거미 괴물이 쏟아지기 시작했다.

아무래도 이 괴물은 죽으면 자연스레 녀석들의 새끼가 어미의 몸을 찢고 나오는 것 같았다.

물론 악몽들 역시 겨우 새끼 괴물들에게 당할 만큼 나약하진 않았기에 돌발 상황에도 불구하고 차분하게 새끼 괴물들을 처리해 나가고 있었다.

하지만 지금 그게 중요한 게 아니었다.

'시간이 너무 오래 걸려. 이러다간 포위당한다!'

괴물들이 계속해서 쏟아져 나오자 치호도 어쩔 수 없다는 듯이 스킬을 외쳤다.

"투사의 발걸음!"

치호가 〈투사의 발걸음〉을 발동시킴과 동시에 일대를 빠르게 움직이며 빙 둘러치기 시작했다. 새로운 괴물이 더 이상 추가되지 않도록, 그리고 밀려드는 새끼 괴물들을 한 번에 처리하기 위해서였다.

치호가 발걸음을 움직이는 곳마다 검은 불길은 치호를 뒤따르듯 치솟기 시작했고 그 검은 불길은 주변을 집어삼키며 탐욕스럽게 세력을 키워나갔다.

그럼에도 치호는 〈투사의 발걸음〉을 멈추지 않은 채 계속해서 발동시키며 검은 불길을 옮기고 있었다.

일대를 모조리 불태워 버릴 생각이었다.

'빠르게 정리하고 빠진다.'

치호는 이런 식으로 〈투사의 발걸음〉을 운용하고 싶지는 않았다. 가장 큰 이유는 흔적이 너무 적나라하게 남기 때문이다.

이곳에서 얼마 떨어지지 않은 곳에서 전투를 치르고 있는 세력이 있으므로 이런 흔적을 남긴다면 적으로 오인해 자신을 추적해 들어올 수 있기 때문이다.

그렇기에 괴물과의 싸움에서 제한적으로 〈투사의 발걸음〉을 사용하고 있었다. 하지만 괴물들이 이런 식으로 나온다면 사냥 시간을 길게 가져가며 조심히 싸우는 것보다 빠르게 처리하고 몸을 빼는 게 좋아 보였다.

괴물들을 하나씩 처리하는 것은 문제 되지 않지만 이렇게 시간을 끌면서 싸우다 보면 싸움의 흔적이고 뭐고 당장에 전투 현장을 발각될지도 모른다.

전투 중에 다른 이들에게 발각되는 것보다는 차라리 흔적이 좀 남더라도 그냥 빠르게 처리하는 게 더 나은 선택이라고 생각되었다.

더욱이 새끼 괴물들이 달려드는 기세가 보통이 아니었기에 더 이상 지체할 수 없었다.

끼익!

투툭, 퍽!

치호가 일으킨 검은 불길이 새끼 괴물들을 덮칠 때마다 새끼 괴물들이 몸체를 뒤집으며 바짝 말라비틀어졌다. 검은 불길은 새끼 괴물들을 자비 없이 집어삼키기 시작한 것이다.

〈세폴로티를 처치했습니다.〉
〈경험치 4,525를 획득하였습니다.〉
〈1골드 16실버 15브론을 획득하였습니다.〉
〈경험치 4,813을 획득하였습니다.〉
〈1골드 21실버 55브론을 획득하였습니다.〉

"후우."

〈투사의 발걸음〉을 발동시킨 채 한참을 움직인 결과 일대는 모두 검은 불길이 잠식해 버렸고, 그 범위 안에 있던 새끼 괴물들은 더 이상 버틸 수 없었는지 그대로 검은 재가 되어 사라져 가고 있었다.

치호의 〈광인의 영역 선포〉에도 위협이 될 만큼 가까이에 있는 괴물들은 더 이상 감지되지 않았기에 한시름 놓을 수 있었다. 그런 치호 뒤에 악몽들이 어느새 다가와 시립해 있었다.

악몽들의 모습은 여느 때와 다르지 않았지만 확인해 봐야 할 것이 있었다.

치호는 천천히 악몽들에게 다가가며 말을 걸었다.

"너희… 기억이 있는 건가?"

치호는 가만히 악몽들을 대답을 기다렸지만, 전혀 반응하지 않았다. 이전과 마찬가지로 검은 귀화만이 눈에서 타오를 뿐이었다.

'흐음… 자아를 가진 것은 아닌가? 그렇다면 전투 중에 악몽들끼리만 소통이 가능하다는 뜻인가?'

치호는 이런 악몽들의 태도에 여러 가지 가설들이 떠올랐지만, 그 어떤 것도 확신할 순 없었다. 얼마 전까지만 해도 악몽들의 특성에 잘 알고 있다고 생각했는데 이렇게 자신도 잘 모르는 방향으로 악몽들이 변해 버렸기 때문이다.

'후… 어쩌면 악몽들에게도 희망이 있을지도 모르겠군.'

문득 지난번 악몽들에 대한 메시지가 떠올랐다. 그 메시지에는 분명 '1단계 제한 해제'라고 했다. 그렇다면 악몽들이 다음 단계도 있다는 뜻일 것이다. 지금 이 상태가 어떤지 몰라도 마지막 단계까지 확인해 보면 어떤 식으로든 의문을 해결할 수 있을 것 같았다.

치호가 악몽들을 보면서 문득 달무르가 떠올라 잠시 감상에 빠져 있을 때 치호의 감각에 새로운 기척들이 여럿 잡혔다. 그 기척들은 괴물의 것이 아닌 듯 빠르게 치호가 있는 방향으로 다가오기 시작했다.

'어서 자리를 피해야겠군.'

기척의 규모와 빠른 이동 속도로 보아 아마도 전투를 치르고 있는 세력들 중 한쪽인 것 같았다.

이렇게 시끌벅적하게 괴물들과 싸웠으니 정찰병들이 다가 오는 것도 무리는 아니었다.

치호는 저들과 마주치지 않기 위해 〈광인의 영역 선포〉를 최대한 이용해 저들의 동선을 빗겨 나갔다. 이렇게 저들을 피 하는 이유는 지금 저들과 마주친다면 이유 불문하고 전투가 벌어질지도 모르기 때문에 가능하면 피하려는 것이다.

지금은 최대한 빨리 거점에 들어가 정보를 모으는 것이 급 선무이기 때문에 복잡한 일에 휘말리는 것은 최대한 지양해 야 할 부분이었다.

'자세한 건 정보를 모아보면 알겠지. 그런데… 정찰병까지? 생각보다 규모가 큰 것 같은데?'

일전의 회전 규모의 전투도 그렇고 정찰병까지 따로 운용하 고 있다면 이미 이건 군대라고 불러도 무방할 것 같았다. 이 정도 규모를 군대를 운영하고 있는 자가 누구인지 문득 궁금 해졌지만 그런 의문들은 거점에 도착하면 풀릴 것이기 때문에 치호는 빠르게 거점을 향해 움직일 뿐이었다.

*   *   *

'후우… 저기가 새로운 거점인가?'

치호는 얼마 전 전투를 치른 후 최대한 괴물들을 피해가며 이동해 왔다. 첫 전투에서 경험한 거미형 괴물 '세폴로티'가 〈광인의 영역 선포〉에 여러 번 걸렸지만, 그때마다 돌아가거나 빠르게 이동해 최대한 전투를 줄였다.

'네번째 필드의 괴물들 수준이 저 정도라면 대진과 메이도 문제없겠군.'

치호는 저 멀리 보이는 거점에 들어가기 전 두 사람에게 연락해 보기로 했다. 〈영혼의 메아리〉를 통해 대화한 지도 꽤 지났기 때문에 궁금했기 때문이다.

─들리나? 난 거점을 발견했다. 들어가기 전에 연락한다.

치호가 〈영혼의 메아리〉를 통해 두 사람을 불렀지만 즉시 대답은 없었다. 하지만 조금 기다리자 기다리던 대답이 나오기 시작했다.

─ 치호 아저씨는 벌써 거점을 발견한 거예요? 엄청 빠르시네. 저는 이제야 겨우 사람의 흔적을 찾았는데?

─ 그래도 흔적을 찾았다니 다행이군.

─ 네. 사람의 흔적을 찾았으니 조만간 거점에 도착할 수 있을 것 같아요. 그런데 대진 아저씨 듣고 있어요? 대답 좀 해봐요!

메이는 대답이 없는 대진이 걱정되는지 대진을 부르자 대진도 곧 〈영혼의 메아리〉를 통해 목소리가 들리기 시작했다.

─ 으… 듣고 있어. 힘없으니까 말 걸지 말아봐. 여긴 너무
더워!

─ 세 번째 필드도 그렇게 더웠는데 참아냈잖아요. 약한 소
리 하지 말고 어서 말해 봐요. 아저씨는 어떻게 됐어요? 거점
의 흔적이라도 좀 찾았어요?

대진이 더위에 약한 소리를 하자 메이가 대진을 타박하며
현 상황에 관해 물었다. 치호는 거점을 찾았고 메이는 거의 찾
은 것이나 다름없는 것이기에 대진만 거점을 찾는다면 일단은
안심할 수 있기 때문이다.

─ 거점은커녕 아무 코빼기도 안 보여. 제길, 길을 완전히
잘못 든 것 같은데? 덥기는 엄청 덥고 사람의 흔적이라고는
찾을 수 없으니… 엇! 자… 잠깐! 뭔가 발견한 것 같아. 내가
나중에 다시 연락하도록 할게.

대진은 뭔가 발견한 듯 다급히 통신을 끊었다. 아무래도 사
람의 흔적이나 거점의 흔적을 발견한 것 같았다. 메이는 그런
대진에게 툴툴거리며 말을 이었다.

─ 하여간 대진 아저씨 약한 소리하는 건 알아줘야 한다니
까요? 치호 아저씨, 그럼 저도 거점에 들어가서 연락할게요.
좀 더 추적을 해봐야 할 것 같아요.

─ 알았다. 나도 거점에 들어가서 새롭게 얻는 정보가 있을
때마다 알려주지. 너희들의 대략적인 위치를 알지도 모르니

말이야.

―넵! 그리고 치호 아저씨! '알란' 녀석을 발견하면 알죠? 무조건 저한테 알려주셔야 해요! 네?

메이는 치호에게 '알란'을 발견하면 꼭 알려 달라는 말까지 하며 통신을 끊었다. 치호는 그런 메이의 목소리에 얕게 웃음을 지으며 거점을 향해 발걸음을 옮겼다.

'그나저나… 미소는 이번 필드에 있긴 한 건가? 벌써 다음 필드로 넘어간 건 아니겠지?'

지난번 클레디안과의 대화에서 미소에 대한 단서를 들었기 때문에 문득 떠오른 것이다. 만약 미소가 치호의 에픽 아이템 조각 시리즈 중 하나를 가지고 있다면 그녀 또한 무시할 수 없을 정도로 강해졌을 것이다. 그러니 마음만 먹으면 다음 필드로 넘어가는 건 일도 아닐 것이다.

'다만… 정신을 온전히 유지하고 있어야 할 텐데.'

치호는 클레이를 떠올리며 미소에게 그런 일이 없기를 바랄 뿐이었다. 아니, 차라리 미소가 조각 시리즈 중 하나를 가지고 있지 않은 편이 마음 편할 것 같았다.

'거점에 들어가서 알아봐야 할 것이 많군. 사람들이 많았으면 좋겠는데……'

치호는 지금 들어가는 거점이 큰 거점이었으면 하고 바랐는데, 거점에 가까워질수록 거점의 크기에 대한 걱정은 하지 않아도 될 것 같았다.

'호오… 성벽?'

거점에 도달해 치호에 눈에 들어온 것은 거점을 둘러싸고 있는 높은 성벽이었다.

치호는 사뭇 다른 거점의 분위기에 다소 놀라는 눈치였다. 세 번째 거점만 하더라도 이런 방어 체계는 보이지 않았는데 네 번째 필드로 넘어오자마자 규모가 다른 방어 체계를 보는 듯싶었다.

게다가 성벽 위에는 보초를 서고 있는 사람들도 보였기에 더욱 놀랄 따름이었다.

'이거… 생각보다 사람들이 많은 것 같은데? 대체 어느 정도 규모이길래 이런 식으로 성벽을 쌓는 거지? 그만큼 괴물들이 강력해진 건가?'

생각해 보면 다소 납득이 안 되는 정도의 규모였다. 치호가 이곳까지 오면서 상대한 괴물들이 세 번째 필드와 비교하면 상대하기 까다롭고 더욱 강해지긴 했지만 다른 테스터들 이라고 손가락만 빨고 있는 것은 아니니 말이다.

'네 번째 필드라면 최대 레벨이 40… 그 정도로도 감당하지 못할 만한 괴물이 있는 건가? 그런데 거점은 어차피 괴물로부 터 안전한 곳일 텐데 굳이 이렇게까지 해둘 필요가?'

치호는 한눈에 봐도 견고해 보이는 성벽이 과한 것은 아닌가 하고 생각할 때 치호를 부르는 소리가 성벽 위쪽에서 들려왔다.

"어이! 거기! 너 뭐야!"

다소 날카로운 음성이 치호의 귓등을 때렸다. 보초를 서던 녀석이 치호를 발견하고 부른 것이었다.

그 부름에 치호는 재빨리 준비한 대답을 말했다.

"낙오자다! 거점에 들어가고 싶은데 어떻게 하면 들어갈 수 있지?"

"뭐? 낙오자?"

치호는 지금까지의 경험상 낙오자라고 하면 거점에 들여보내 줬기 때문에 문제없을 줄 알았지만, 이번에는 좀 다른 것 같았다.

"우린 낙오자는 받지 않는다! 돌아가!"

"낙오자를 받지 않는다고? 무슨 소리지? 그러면 밖에서 죽으라는 소린가?"

"네 녀석이 첩자인지 낙오자인지 어떻게 알아? 게다가 아틀란의 거주자와 함께 오지 않은 네 녀석 따위를 믿을 수 없다. 어디서 되지도 않을 거짓말을… 돌아가지 않으면 공격하겠다!"

보초를 서고 있던 테스터 주위로 사람들이 점차 몰려드는 것 같았고 치호는 점점 불리해지는 것을 느꼈다. 거점에 빨리 들어가고 싶은 마음에 아무런 준비도 않고 온 것이다.

'이런… 실수했군.'

가만 생각하니 치호는 거점을 아무런 제약 없이 들락날락할 수 있지만 다른 이들은 반드시 거주자와 함께 와야 한다. 그런 사항을 잊고서 그들의 거점에 들여보내 달라고 했으니 거절당하는 것은 당연했다.

쐐액!

팍!

치호의 발치에 두꺼운 화살 하나가 꽂혔다.

"어서 돌아가! 다음번엔 진짜로 쏜다!"

성벽 위에서 치호 쪽으로 위협사격을 날린 것 같았다. 꽤나 정확한 사격으로 보아 한두 번 보초를 서는 자들은 아닌 것 같았다.

"알았다! 물러서겠다!"

치호는 물러서는 것이 모양새는 좋지 않았지만 별다른 방법이 없었다. 괜히 이곳에서 실랑이하는 것보다 어둠을 틈타 적당히 성벽을 오르는 게 나을 것 같았기 때문이다.

'별게 다 고생하게 만드는군.'

거점을 발견하는 것까지는 좋았지만 아무래도 거점에 들어가는 것은 별개의 문제인 것 같았다.

치호는 거점을 눈앞에 두고도 멀찍이 물러서서 기회를 노리는 수밖에 없었다.

$$* \qquad * \qquad *$$

"이제 슬슬 움직여도 되겠군."

깊은 밤 몸을 숨기고 있던 치호가 움직이기 시작했다. 성벽 위에는 수십 개의 횃불이 성벽 위를 대낮처럼 밝히고 있었지만, 치호는 성큼성큼 성벽을 향해 이동했다.

'오랜만의 잠행이라… 별짓을 다 하는군.'

치호는 옛날 암살자로 이름을 떨치던 때를 떠올렸다. 그때 당시 암살 기술을 배우며 몇 번 의뢰를 나갔다. 당시 나갔던 단 몇 번의 살행이 치호를 최고급의 암살자 반열에 올리기 충분했다.

당시 치호가 맡았던 의뢰 하나하나가 다른 암살자들은 불가능하다고 생각해 포기했던 최악의 의뢰들이었기 때문이다.

그랬던 치호가 지금 이런 성벽 따위 오르는 일쯤은 밖에서 거미형 괴물 '세폴로티'를 상대하기보다 쉬웠다.

'도구가 없으니 좀 불편하긴 해도… 할 만하군.'

잠행에 특화된 도구가 준비되어 있지 않아 불편하긴 했지만, 치호에게 큰 문제가 되지 않았기에 재빠르게 성벽을 올랐다. 성벽을 돌고 있는 보초병들도 많았지만, 치호의 빠른 움직임을 눈치챌 만큼 실력 있는 녀석은 보초병 중에는 없는 것 같았다.

치호는 마치 어둠이 자신의 옷인 냥 걸치고는 재빠르게 성벽을 올랐다. 어둠을 입은 치호는 보초병들의 눈에 들킬 리가 없었고 재빠르게 반대편 거점을 향해 뛰어내릴 수 있었다.

탁.

성벽에서 거점 방향으로 뛰어내렸을 때 고양이가 바닥에 착지하는 듯한 작은 소리를 내긴 했지만 그런 작은 소리는 아무도 눈치채지 못한 듯 소란은 없었다.

'후… 성공했군.'

치호가 거점 안에 들어와 본 광경은 지금껏 경험했던 거점과는 달랐다. 거점 안은 밖과는 다르게 깊은 밤에도 불이 켜져 있는 집이 많았고 와자지껄 떠드는 소리가 여기까지 들려왔기 때문이다.

게다가 바닥도 그저 흙바닥이 아닌 포장이 되어 있었기에 꽤나 발전된 도시를 연상케 하는 분위기였다.

'이 정도 시설이 갖추어진 데다가 기후도 이 정도면 알맞고… 사람이 모일 만하군.'

치호는 사람들이 떠드는 소리가 들리는 불빛을 향해 천천히 걸으며 거점을 살폈다. 정확한 건 날이 밝아봐야 알 테지만 꽤나 발전한 모습을 보이는 것 같았다.

주변을 둘러보던 치호가 불빛이 이끄는 곳에 도착했을 때 그곳에는 낡은 간판 하나가 치호를 반겼다.

'토포의 행복주점?'

이곳에서는 주점이 밤늦게까지 운영하는 것 같았다. 삭막하던 지난 거점과는 달리 여가를 위한 시설까지 갖추어진 것 같았다.

'행복주점이라니… 나 참.'

치호는 행복주점이라는 작명 센스에 피식 웃으며 무거운 주점의 문을 열었다. 문을 여는 동시에 찌릿한 주향이 치호의 코를 찔렀다.

"크하하하! 네가 그 병신들 도망가는 꼴을 봤어야 하는데 말이야. 아주 가관이었다니까?"

"에헤! 또 허풍은… 뭐이가 도망을 가, 도망을 친 건 아이고?"

"뭣? 이놈이 보자보자 하니까!"

쿠당탕탕!

주점은 술을 먹고 한쪽에서 싸우는 이들도 있고 한쪽 구석에서 혼자 술을 마시며 홀쩍이는 사람도 있었으며 또 다른 한쪽에서는 술을 이용해 여자에게 수작을 걸려는 이들도 있었다.

주점 안은 어지간한 도떼기시장은 명함도 내밀지도 못할 난

장판이었다. 주점 주인처럼 보이는 이가 카운터에 앉아 있었지만 이런 일 따위는 일상이라는 듯 신경도 쓰지 않고 있었다.

그런 주점 주인이 치호를 향해 말했다.

"어서 오쇼. 뭘로 드릴까?"

"아무거나."

"에… 제일 까다로운 주문이군."

주점 주인은 잠시 고민하다가 가볍게 맥주를 내어오며 말했다.

"난 토포요. 처음 보는 얼굴인데?"

"나도 얼마 전에 들어왔거든."

"아아. 지난주에 들어온 거요?"

치호가 건네받은 맥주는 현대의 그런 맥주처럼 시원한 맥주는 아니었다. 하지만 오래간만에 먹는 술이라서 그런지 치호 역시 벌컥벌컥 맥주를 들이켜고는 토포에게 말했다.

"후우. 그렇지. 이것저것 바빠서 이제야 여유가 좀 나는군."

"하긴 처음엔 다 그렇지. 그나저나 적응은 좀 되고?"

주점의 주인 토포 역시 따분했는지 치호에게 이것저것 물었다. 아무래도 매일 보는 이들만 보다가 새로운 얼굴을 보니 반가운 것 같았다.

치호 역시 주점 주인이라면 정보에 빠삭할 것 같아 이것저

것 물어보기 시작했다.

"적응이라기보다… 아직은 혼란스럽군."

"그럴 만도 할 거요. 나도 처음에 왔을 때는 이게 뭔 일인가 싶었다니까? 어휴."

토포는 얕에 한숨을 쉬며 이야기를 꺼내기 시작했다. 치호가 묻지 않아도 토포는 네 번째 필드에 관한 대략적인 이야기를 술술 풀기 시작한 것이다.

"얀센, 로펠로, 콴. 이 사람들의 세력이 네 번째 필드를 꽉 쥐고 있는 거나 다름없지. 뭐 네 번째 필드의 실질적 패자라고 봐도 무방하려나?"

토포의 말을 요약해 보면 네 번째 필드는 짐승들의 왕 콴, 죽음의 길잡이 로펠로, 마지막으로 강철의 지배자 얀센.

이렇게 세 개의 세력이 네 번째 필드의 패권을 놓고 다투고 있다고 했다. 그나마 죽음의 길잡이 '로펠로' 세력은 숨 고르기 중이었고 지금은 '콴'과 '얀센'이 치열하게 전투를 벌이는 중이라고 했다.

치호는 토포의 말을 듣고 생각을 잠시 하다가 얼마 전에 목격했던 전투에 관해서 물었다.

"이 근처에서 큰 전투가 있지 않았나? 그건 어디 세력이지?"

"아아. 그 근처에 있었던 거야? 어휴. 위험한 짓 골라서 하는 구만. 그쪽은 쳐다도 보지 마쇼. 그쪽은 강철의 얀센 쪽 세력하고 짐승의 콴 쪽이 전쟁을 벌이고 있는 곳이니까."

"이곳과 꽤나 가까운 곳인데 이곳은 안전한가? 혹 이곳도 어딘가의 세력에 속한 곳인가?"

치호는 이곳 주점을 봤을 때 어딘가와 전쟁을 벌이는 분위기가 아니었기에 물은 것이다. 그러자 토포가 웃으며 말했다.

"이곳 아톨란은 네 번째 필드에서 몇 남지 않은 중립 지대거든. 위치상으로 세 세력 한 가운데에 미묘하게 박혀 있는 곳이라… 아니 지금까지 그것도 몰랐던 거요? 무신경하기는."

"중립 지대?"

"그렇소. 중립 지대긴 한데… 각 세력이 호시탐탐 노리고 있긴 하지. 그 때문에 성벽 검문도 더 깐깐해졌고 말이오."

토포의 말을 듣고 보니 오늘 성벽에서의 일이 이해가 되었다. 낙오자를 위장한 타 세력의 인원들이 이곳 아톨란으로 들어와 행패를 부리는 것을 방지하려는 최소한의 자구책인 것같았다.

하지만 한편으로는 허탈한 생각도 들었다. 이 거대한 성벽이 괴물들을 막기 위한 방어 체계가 아니고 다른 인간을 막기 위한 것이기 때문이다.

'괴물보다 인간을 더 신경 써서 막는 꼴이라니.'

지금껏 본 적 없던 굳건한 성벽이 괴물들보다 오로지 인간을 막기 위해 만들어졌다고 생각하니 씁쓸한 생각이 든 것이다. 하지만 이내 감정을 정리하고 다시 토포에게 물었다.

"그렇군. 이런 중립 지대는 얼마나 있지?"

"글쎄… 나도 정확히는 모르지만 얼마 남지 않았다고 들었소. 각 세력의 싸움이 치열해지면서 중립 지대까지 선점하려 들고 있다고 했거든."

"그렇군. 좋은 정보 고맙소. 다음에도 좋은 정보 있으면 부탁하지."

"어허, 뭐 이런 걸 다… 흠흠. 그래도 성의니까 받아는 두겠소. 허허허. 네 번째 필드의 중립 지대에 대해 더 알고 싶으면 안내 데스크로 가면 알 수 있을 거요."

치호는 정보에 대한 작은 성의로 1골드를 토포에게 내밀자 토포는 입으로는 거절했지만, 눈은 미소 지으며 골드를 재빨리 받아 챙겼다. 아마도 골드를 주지 않았으면 다시는 치호에게 정보를 주지 않았을지도 몰랐다.

'어서 이 정보를 두 사람에게 알려줘야겠군.'

치호는 정보를 듣고 서둘러 주점 밖으로 나가려 했다. 어서 이 정보를 두 사람에게 알려야 하기 때문이다. 만약 대진과 메이가 이 사실을 모르고 다른 이들에게 아무 생각 없이 접근한다면 반대 세력으로 오인당해 험한 꼴을 당할 수 있기 때문이다.

치호는 서둘러 주점을 나가 〈영혼의 메아리〉를 사용하려

했지만 몇몇 테스터들 때문에 발걸음이 멈췄다.

방금까지 한쪽 구석에서 술을 먹던 몇몇 이들이 치호 앞에 서서 출입구를 가로막았기 때문이다.

"어이. 칼 찬 양반, 잠깐 기다려 봐."

치호는 자신을 가로막은 남자의 건방진 말투가 거슬렸다. 그렇지 않아도 빨리 밖으로 나가 새롭게 얻은 정보를 대진과 메이에게 전달해야 했는데 이런 녀석 때문에 일이 지연되자 조급해지기 시작한 것이다.

"내 말 안 들려? 사람이 불렀으면 대답을 해야지, 그렇게 멀뚱멀뚱 쳐다만 보면 어쩌자는 거야?"

남자는 치호가 대꾸가 없자 자신을 무시하는 것인 줄 알고 점점 더 거칠게 말하기 시작했다. 그런 녀석을 잠시 보다가 치호는 한숨을 내쉬며 대꾸를 했다. 괜히 소란을 피우면 더 골치 아파질까 대충 일을 마무리하려는 것이다.

더군다나 치호는 거점에 몰래 숨어든 입장이기 때문에 일을 복잡하게 만들어서 좋을 것 없기에 최대한 일을 조용하게 처리할 생각이었다.

"무슨 일이지?"

"이제야 대답을 하는군. 난 또 아무 말도 없길래 벙어리인 줄 알았지. 크크크."

남자는 쓸데없이 치호를 도발했지만, 치호는 눈 하나 깜짝

하지 않으며 남자를 바라볼 뿐이었다. 그러자 도발을 하려던 남자도 민망했는지 헛기침을 하며 다시금 말을 이었다.

"흠흠. 아니 별일은 아니고, 내가 옆에서 토포하고 그쪽하고 하는 이야기를 들어보니까 말이야 아주 가관이라서 말이지."

"그게 무슨 뜻이지?"

"아니 안내 데스크에만 가도 알 수 있는 별것도 아닌 이야기에 1골드를 터억! 하고 내놓는 그 배포에 감동했달까?"

치호는 녀석이 자꾸 말을 돌려 말하는 것 때문에 점점 더 짜증이 올랐지만 잠자코 녀석의 말을 들었다. 녀석의 말에서도 나름 정보가 되는 이야기가 있었기 때문이다.

아무래도 이번 안내 데스크는 지난번의 필드와는 달리 사람들이 많이 사용하는 곳 같았다. 치호에게 안내 데스크는 첫 번째 필드를 제외하고 그다지 쓸모가 없는 곳이었던 것에 반해 이번 필드에서는 꼭 한번 방문해야 할 것 같았다.

치호가 녀석의 말에 대해 생각하고 있을 때 녀석이 다시금 말을 잇기 시작했다.

"그래서 말인데 이 형님들이 세상을 사는 법에 대해서 좀 더 가르쳐 줄 테니까 술값도 좀 내주고 이 형님들한테 용돈도 주면 어떠냐 하는 거지."

"세상 사는 법?"

"크크크. 그래, 세상 사는 법. 제일 먼저 우리 같은 큰 형님들을 뺐으면 인사부터 하는 게 예의 아니겠어?"

남자와의 대화가 길어지자 주변의 술을 마시던 테스터들도 점점 치호와 남자와의 대화에 관심을 두기 시작했다. 아무래도 분위기가 좋아 보이지는 않아서인지 자연스레 관심이 쏠리는 것이었다. 주점 안의 분위기가 점점 차가워지자 주점의 주인 토포가 더 이상 참을 수 없다는 듯 말했다.

"블레어, 쓸데없이 소란 피우지 말고 얼른 보내줘. 네 번째 필드에 온 지 얼마 안 된 것 같은데 괜히 트집 잡지 말고."

"응? 토포, 넌 이 녀석한테 돈 받았으니 볼 장 다 봤다는 거야 뭐야. 우리도 눈먼 돈 좀 만져보자고, 괜히 훼방이나 놓지 마."

"어휴, 아무튼 소란 피우지 마. 얼마 전에 경비대장 로티가 경고한 것 잊지 않았지? 이번에도 소란 피우면 골치 아프니까 적당히 해. 알았어?"

"크크크. 걱정하지 마셔, 우리가 알아서 해결할 테니까."

치호는 가만히 두 사람의 대화를 들으면 들을수록 자신을 허수아비 취급하는 대화에 기분이 나빴지만 참을 수밖에 없었다. 괜히 이런 곳에서 소란을 피우면 곤란하기 때문이다. 게다가 경비대장이라는 말은 거점 내부에서도 치안을 담당하는 이가 있다는 뜻이다. 그렇다면 더더욱 소란을 피워서는 안 될 것이 분명했다.

'경비대장 로티? 네 번째 필드는 확실히 체계가 잡혀 있는 느낌이군. 경비대장이란 직책까지 있는 걸 보면.'

치호는 경비대장 로티라는 이름을 다시 한 번 곱씹으며 눈앞에 블레어란 사내를 어떻게 처리할지 고민했다. 대진과 메이에게 얼른 정보를 알려야 했기에 가능하면 빨리 일을 끝내고 싶었다.

더욱이 이렇게 다른 이들에게 관심을 받는 것은 좋은 현상이 아니었기에 지금 이런 상황은 치호가 가장 피하고 싶어 하는 상황이었다.

"형씨, 내 말 듣고 있는 거야? 무슨 대꾸가 있어야 할 것 아니야? 아니면 쫄아서 입이 안 떨어지는 거야? 크크크."

"블레어. 애 울겠다, 울겠어. 저거 남자 새끼 맞는지 확인 한번 해봐! 크하하하."

"이런 쫄보 같은 놈이 어떻게 네 번째 필드까지 올라온 건지. 필드 물 흐리는구만!"

"바지 한번 내려 보라니까? 어서! 크하하하!"

블레어의 동료로 보이는 녀석들이 치호를 가지고 술안주 삼기 시작한 건지 치호를 조롱하며 웃고 있었다.

치호는 녀석들의 태도에 한숨을 깊이 내쉰 후 돈을 꺼내며 말했다.

"이 정도면 되겠나?"

"웅? 오? 10골드! 크크크, 아주 예의가 바른데?"

"그럼. 난 이만 가지."

치호는 블레어 일당에게 적당히 돈을 쥐어주고 자리를 모면하려고 했지만 아무래도 쉽게 끝나지는 않을 것 같았다.

블레어가 다시 한 번 치호를 붙잡은 것이다.

"잠깐, 이렇게 가면 우리가 섭하지, 안 그래?"

"무슨 뜻이지?"

"무슨 뜻이긴, 아까 다 들었으면서 왜 이래? 남자인 건 확인시켜주고 가야 할 것 아니야? 엉? 형님들이 궁금하시다잖아? 크크크. 어서 시원하게 확인 한 번 시켜주고 나가라고."

블레어의 말에 일순 주점 안은 웃음바다가 되었고 동시에 치호 역시 더 이상 참아 줄 수는 없었다. 아무래도 조용히 일을 처리하기엔 틀린 것 같았다.

'하나, 둘, 셋… 여덟.'

치호는 속으로 블레어 일당들의 숫자를 세었다. 이렇게 실랑이하는 시간에 차라리 녀석들을 빠르게 처리하고 나가는 게 나을 것 같았다. 지금 녀석들의 요구를 들어주더라도 곱게 보내주지 않을 것 같기 때문이다.

'여덟이라… 문제는 나머지가 합세하느냐 아니냐인데.'

거점 안에서 스킬도 사용하지 못하는 블레어 일행을 처리하는 건 문제도 되지 않는다. 문제는 주점 안의 다른 인원들이 싸움에 합류하느냐 아니냐 하는 것이다.

분위기로 판단했을 때 블레어 일행과 주점의 다른 인원들 사이에 안면이 있는 걸 보니 싸움이 시작되면 가세할 확률이 높았다. 하지만 주점의 모든 인원을 처리하는 것은 치호로서도 약간은 부담이 되었다.

실력의 문제가 아니라 시간의 문제다.

아무리 빨리 처리하려고 해도 이 주점 안에 있는 모든 이들을 처리하면 아무래도 시간이 필요하기 때문이다. 하지만 그런 것은 치호가 원하는 게 아니었다.

'별수 없군.'

치호는 무언가 결심한 듯했지만 그런 치호의 마음을 알 리 없는 블레어는 치호에게 다시 한 번 조롱하기 시작했다.

"어허! 아직도 가만히 서 있네? 부끄러우면 이 형님이 도와주지. 크크크."

블레어는 치호의 바지를 벗기려는 듯 치호에게 성큼 다가섰을 때 치호가 말했다.

"너희가 자초한 거다."

그 순간 치호는 다가오는 블레어에게 튀어나갔고 급작스러운 치호의 움직임에 반응할 수 있는 이는 이 주점에 단 한 명도 존재하지 않았다.

뻐억! 콰직, 우읍!

치호는 순식간에 블레어의 코앞까지 쇄도해 그대로 녀석의 턱을 올려쳤다.

그와 동시에 녀석의 입이 벌어졌고 그 벌어진 입으로 치호의 단단한 주먹을 그대로 쑤셔 박았다.

"커… 헉."

치호의 공격에 반응조차 못한 블레어의 입에서는 뒤늦은 호흡 소리와 함께 이빨이 후두둑 떨어져 내렸다.

툭툭툭.

쏟아낸 이빨과 함께 피를 한 움큼 토해내는 블레어였지만 치호는 그런 블레어에게 관심도 주지 않고 블레어의 동료들을 향해 쇄도했다.

퍼억! 파각. 허억!

치호의 빛살 같은 움직임은 블레어의 동료들이 상황을 제대로 파악하기도 전에 일어난 것이라 단 한 번의 실패 없이 녀석들에게 공격을 성공시켰다.

치호의 무자비한 주먹이 녀석들 중 하나의 옆구리에 그대로 틀어박힌 것이다.

콰직!

그 공격을 맞은 녀석은 치호에 힘을 이기지 못하고 그대로 주점의 벽까지 날아가 꽂혔고 그럼에도 불구하고 치호의 움직임은 멈출 줄 몰랐다.

"뭐… 뭐야!"

"뭐긴, 사람 잘못 건드린 거지."

치호는 방금 외친 녀석의 목울대를 그대로 후려쳤고 목을 부여잡으며 허리가 꺾인 녀석의 뒷통수를 그대로 밟아버렸다.

콰직.

녀석의 머리통은 주점의 바닥을 박살 내며 박혀 버렸다.

그리고 이어지는 또 한 번의 도약.

우두둑.

치호가 떨어지면서 상대의 무릎을 그대로 밟아버렸고, 무릎은 꺾일 수 없는 방향으로 거칠게 꺾였다.

"으아악! 내 다리!"

치호가 한 번의 손, 한 번의 발을 내지를 때마다 소름끼치는 뼈 부러지는 소리가 주점을 가득 채울 뿐이었다.

찰나의 순간 동안 치호가 몸을 움직여 블레어 일당을 처리하자 주점 안은 마치 찬물을 끼얹은 듯 침묵만이 맴돌았다.

"끄아아악!"

"사… 살려줘! 제발."

이제야 정신이 좀 드는 모양인지 녀석들은 비명을 지르기 시작했고 주점 안에는 더 이상 다투는 소리도, 떠드는 소리도 들리지 않고 오로지 블레어 일당의 신음만이 들릴 뿐이었다.

치호는 쓰러져 있는 블레어에게 천천히 다가가자 상대적으로 약한 부상을 입은 블레어는 뒷걸음치며 말했다.

"이… 이 괴물! 오… 오지 마!"

쨍그랑!

블레어는 손에 집히는 대로 치호에게 던지며 반항해 봤지만 그런 애절한 몸부림은 치호의 움직임을 막을 수는 없었다.

뻐억.

"허… 허헉."

다시 한 번 치호의 주먹이 블레어의 복부에 꽂혔고, 블레어의 몸이 새우처럼 굽어지자 치호는 녀석의 얼굴을 무릎으로 그대로 차올렸다.

블레어는 연이은 타격에 정신이 없었지만, 치호의 무자비한 공격은 블레어를 가만두지 않았다.

퍼억. 우드득. 뻐억. 우득.

뼈 부러지는 소리와 치호의 타격음이 주점에 울려 퍼졌고 그런 모습을 본 주점 안의 사람들은 치호를 말릴 생각조차 하지 못했다.

지금 그들의 눈앞에 벌어지고 있는 일이 너무나 비현실적이었기 때문이었다.

스킬도 쓸 수 없는 거점 내에서 장정 8명이 순식간에 제압하는 것은 물론, 움직임조차 볼 수 없는 스피드, 게다가 사람을 날려 버리는 저 무자비한 힘은 도무지 치호 앞에 나설 용기를 주지 않았다.

"그러게 왜 가만있는 사람을 건드려?"

"죄… 니… 다. 사… 요."

블레어는 무슨 말이라도 하고 싶은지 입을 뻐끔거렸지만 말할 힘조차 없는지, 아니면 말하고 싶은데 목소리가 안 나오는 것인지는 몰라도 그의 목소리는 치호에게 닿지 않았다.

그런 블레어를 보고 치호는 손에 묻은 피를 녀석의 옷에 슬쩍 닦고는 일어나 토포에게 말했다.

"토포, 주점 수리비는 이 녀석들에게 받아. 아까 10골드 알지?"

"어? 아… 알겠소."

치호가 자리에서 일어섰을 때 주변의 테스터들은 치호와 눈조차 마주치기 두려운 것인지 일순 고개를 숙였다.

'다행이군.'

치호는 그런 모습을 보고 안도의 한숨을 내쉬었다.

사실 치호가 손을 과하게 쓴 이유가 여기에 있었다. 괜히 어중간하게 손을 쓰다가 주변의 사람들이 하나둘 몰려들기 시작하면 곤란하기 때문이다.

그렇기 때문에 처음부터 손을 과하게 쓴 것이었다. 물론 거점 안에서 스킬을 사용할 수 있는 치호가 과하게 손을 쓰면 죽을 수도 있었지만, 그 정도로 힘 조절을 못할 치호가 아니었다.

일부러 뼈 부러지는 소리가 크게 들리는 부위만을 골라 부러뜨리고 블레어를 확인 사살하듯 더욱 후드려 팬 것도 다 계산된 행동인 것이다.

주점 안에 테스터들의 태도를 보자면 치호의 계획이 멋들어지게 성공한 것 같았다.

녀석이 들어오기 전까지는.

"이게 무슨 소란이야!"

제7장
거점의 성벽 II

치호가 블레어 일행을 처리하고 자리를 뜨려고 할 때 주점의 문을 박차고 들어오는 사내가 있었다.

사내는 거점 안에서도 갑옷을 비롯한 무구를 완전히 장비하고 나타난 녀석의 모습에서 뿜어져 나오는 기세가 심상치 않아 보였다.

얼핏 보기에 사내의 나이는 중년처럼 보였으나 균형 있게 발달한 몸과 얼굴에는 과거 괴물들과의 치열한 혈투라도 있었는지 길게 찢어진 상처의 흔적이 인상적인 사내였다.

마치 역전의 용사처럼 경험이 풍부해 보이는 사내의 모습은 치호가 상대한 이런 떨거지 녀석들과는 전혀 비교가 안 될 정도의 분위기를 풍기고 있었다.

주점 안에 있는 테스터들 또한 모두 그를 알고 있는지 사내의 외침에 찍소리도 못하고 그저 상황을 관망할 뿐이었고 사내는 난장판이 된 주점 안을 둘러보더니 토포를 향해 말했다.

"토포, 내가 한 소리가 아주 우스운 농담처럼 들렸나 보지? 아주 배짱이 좋아. 응?"

"로… 로티! 오해야 오해. 저 녀석들이 멋대로 이 사달을 벌였는데 내가 뭐 어떻게 해? 응? 책임을 물으려면 저치들에게 물어야지!"

토포가 사내와 대화하는 것을 들어보니 지금 들어온 저 사내가 중립 거점 아톨란의 경비대장 로티인 것 같았다. 한 거점의 경비대장을 맡고 있어서인지 과연 다른 테스터들과 다르게 위엄이 느껴지는 사내였다.

하지만 경비대장 로티의 등장으로 치호는 조용히 입술을 깨물 수밖에 없었다.

'젠장. 일이 꼬일 것 같은데… 그냥 이대로 도주할까?'

로티가 등장한 마당에 치호에게 추궁이 들어올 것은 굳이 경험하지 않아도 손쉽게 예측할 수 있었다. 다만 치호는 이대로 도망을 가야 할 것인지 아닌지를 판단하고 있을 뿐이었다.

하지만 치호의 그런 생각은 오래가지 못했다. 주위에서 느껴지는 수많은 기척 때문이었다.

'경비대들인가? 사람이 너무 많아.'

〈투사의 발걸음〉만 사용하면 경비대장이나 다른 녀석들에게 옷자락 하나 잡히지 않고 순식간에 이 자리를 빠져나갈 수 있을 것이다. 하지만 치호는 그러지 않았다.

스킬을 사용하는 순간 필드의 위험인물로 낙인찍힐 수 있기 때문이었다.

지난 필드에서 클레이가 그랬으니까.

그렇기 때문에 치호는 섣불리 스킬을 사용할 생각을 하지 않았다. 게다가 언제든지 도망갈 자신이 있었기에 경거망동해서 일을 복잡하게 만들 필요는 없기에 결정적인 순간이 오기 전까지 상황을 지켜보기로 했다.

그렇게 결심하는 순간 로티가 치호에게 다가와 물었다.

"이봐, 그쪽이 이 녀석들을 이렇게 만들었나?"

"그래, 하지만 이쪽도 정당방위야. 녀석들이 자초한 일이라고."

"블레어 녀석들하고 엮였으면 뭐… 안 봐도 알 것 같군. 그래도 이건 너무 과한 것 아닌가?"

치호에게 당한 블레어 일당들은 아직도 바닥에 쓰러져 뒹굴고 있었다. 정신을 잃지 않은 녀석들은 이미 포션을 사용한 모양이지만 아직 완전히 회복되지 않아 자리에서 일어서지 못하고 있는 것이다.

더욱이 가장 심하게 당한 블레어는 포션은커녕 손가락 하나 움직일 힘도 없는 듯 그저 바닥에 그대로 쓰러져 신음만 내고 있을 뿐이었다.

"휘유. 깔끔하게도 박살 내놨군. 이 정도로 사람을 박살 내기도 쉽지 않을 텐데 말이야."

경비대장 로티는 블레어를 살피며 치호의 대략적 실력을 추측하는 것 같았다. 로티 또한 허투루 경비대장 자리에 올라선 것은 아닌지 블레어의 몸에 난 상처만으로도 치호의 실력을 알아보는 것 같았다. 그런 로티가 치호에게 다시금 말을 잇기 시작했다.

"그런데… 난 우리 거점에서 자네만큼 실력이 뛰어난 자를 본 적이 없는데 말이야? 언제부터 우리 거점에 들어온 거지?"

일순 얼어붙는 공기.

로티가 던진 한마디에 주점 안은 마치 살얼음판을 걷는 것 같은 긴장감이 일순 맴돌았지만 치호는 전혀 내색하지 않으며 바로 대답했다.

"언제 들어오긴. 지난주에 들어왔지."

"지난주에?"

"그래. 지난주에 들어왔지만 거점의 이곳저곳을 둘러보느라 이제야 슬슬 적응해 가고 있는 차였거든."

토포와 나누었던 대화를 이용해 거짓말을 하는 치호의 얼굴색은 정말 사실을 말하는 것만 같았다. 로티 또한 너무 자연스러운 치호의 대답에 별다른 이상한 점을 찾지 못했으니 말이다.

로티는 치호의 그런 자연스런 대답에 고개를 절레절레 흔들며 말했다.

"이봐, 그쪽이 실력이 좀 있는 건 알겠는데 이런 식으로 거점 내에서 날뛰면 곤란해. 거점에 들어온 지 얼마 안 됐다니까 봐주는 거야. 알겠어?"

"흠… 고맙군."

치호는 로티가 물러서려는 기색을 보이자 내심 안도의 한숨을 쉬었다. 블레어의 상처 부위를 살피는 것으로 보아 깐깐하게 취조할 줄 알았는데 그렇지는 않았고, 적당히 일을 마무리 지으려는 모양이었다.

블레어 일당들이 평소에도 사고를 많이 쳤는지 이번에도 비슷하게 처리하고 넘어가려는 것 같았다. 치호는 일이 생각보다 잘 풀릴 것 같아 한시름 놓으려 할 때 로티가 물었다.

"아차차, 그런데 그쪽 이름이 뭐지?"

"치호다."

"치호라… 아무튼 이름 기억해 놨으니까 다음에 또 사고 치지 마. 거점은 쉬는 곳이지 너희들끼리 싸우라고 있는 곳이 아니니까. 알겠어?"

로티는 그렇게 말하면서 주점 내부에 들어와 있던 경비대들에게 블레어 일당을 끌어내라고 명령했다.

그리고 경비대들이 일하는 동안 로티와 토포는 잠시 이야기를 나누는 듯했다.

주변 정리가 어느 정도 끝나자 경비대 중 하나가 로티에게 보고하듯 말했다.

"대장님, 정리 다 됐습니다."

"음, 그래? 그럼 우리도 이만 가지."

로티는 정리된 주점을 한번 둘러보더니 치호에게 다시 한번 조심하라는 듯한 눈짓을 주고는 고개를 홱 돌려 나가려는 듯 보였다.

하지만 로티의 발걸음은 이내 멈추고 말았다.

그러기를 잠시, 무엇인가 생각이 난 듯 나가려던 발걸음을 돌려 그대로 다시금 치호에게 다가와 물었다.

"이름이 뭐라고?"

"치호다. 문제 있나?"

"치호라… 치호… 황치호?"

일순 치호의 미간이 꿈틀거렸지만 이내 표정을 고치고 말없이 로티를 쳐다보자 로티는 이제야 이해가 된다는 듯이 크게 웃으며 말했다.

"아하하! 어쩐지 너무 실력이 뛰어나다 싶었지. 이거 '영광의 기록서'의 그 황치호 맞나?"

치호는 그 망할 놈에 '영광의 기록서' 때문에 또 일이 복잡해질 것 같아 짜증이 났지만 티내지 않으며 응대했다.

"그래, 영광의 기록서에 이름을 올린 건 맞지."

"그래그래, 그렇다면 블레어 일행이 저렇게 당한 것도 이해가 되지, 암. 그나저나 우리 거점에도 드디어 기록서의 인물이 입성했구만그래? 응? 하하하."

로티는 뭐가 그리도 좋은지 연신 웃었지만, 치호는 이해되지 않는 이 상황에 어떻게 대응해야 할지 판단이 서질 않았다.

더군다나 계속해서 대진과 메이에게 연락이 지연되자 조급함이 다시금 고개를 들었지만 이어지는 로티의 말에 호기심을 감출 수가 없었다.

"요즘 들어 보기 힘든 '영광의 기록서'의 인물들이 자주 출몰하는군. 얼마 전에 모습을 드러낸 '광녀'도 그렇고… 네 번째 필드에 새로운 바람이 불려나? 하하하. 재미있군."

로티가 말한 '영광의 기록서', '광녀' 그리고 얼마 전에 모습을 드러냈다는 단서를 조합해 보면 그것들이 가리키는 사람은 한 사람밖에 없다.

'미소다.'

미소의 직업은 '희대의 광녀'라고 기록서에 기록되어 있기 때문에 쉽게 유추할 수 있었다. 더욱이 시기상 얼마 되지 않았다면 오직 그녀밖에 없었다. 그렇기에 치호는 로티에게 그녀에 관해 물었다.

"로티, 광녀⋯ 아니, 미소에 대해 아는 바가 있나?"

"호오, 둘이 아는 사이야? 이건 또 흥미로운데?"

"그런 건 아니고 그저 기록서에 등재된 사람으로서 흥미가 돋아서 말이야."

괜히 미소와 친분을 이야기하면 여러 가지로 불편할 것 같아 친분을 과시하거나 하지는 않았다. 그저 흥미 정도로만 포장하기로 했다.

"하긴, 그럴 수도 있겠군. 나도 그저 들려오는 소문을 들었을 뿐이야. 나야 이곳 아톨란에만 박혀 있는 처지인데 내가 알아봐야 얼마나 알겠어."

"흐음⋯ 그런가?"

"아! 우리 거점의 마스터라면 좀 더 자세히 알고 있을 걸?"

"마스터?"

새롭게 등장한 인물에 고개를 갸웃하자 로티가 웃으며 말했다.

"거점의 총 책임자라고 보면 돼. 영주? 정도로 이해하려면 되려나? 아무튼 마스터는 알고 계실 거야. 얼마 전에 '광녀'에 관한 정보를 수집하라고 지시를 내렸었으니까."

"호오, 그래?"

"그렇지, 궁금하면 언제 한번 찾아와. 마스터가 널 환대할 거다. 더욱이 기록서에 이름까지 올린 자라면… 아마 한자리 주지 않을까 싶은데?"

치호는 로티의 말을 듣고 눈을 빛냈다. 생각보다 쉽게 미소에 대한 정보를 얻을지도 몰랐기 때문이다.

미소는 치호가 모으고 있는 에픽 등급 아이템인 조각 시리즈를 가지고 있을 것으로 추정되고 있기에 반드시 만나야 할 사람이었다.

더욱이 그런 이유가 아니라도 요즘 미소에게 들려오는 소문을 듣자면 좋은 소리가 없었기 때문에 걱정이 되어 한 번쯤 만나봐야 할 것 같았다.

"아무튼 우리 거점에도 드디어 기록서에 등재된 인물이 들어왔군. 당분간은 든든하겠어, 하하하. 아틀란에 오래오래 머물렀으면 좋겠군. 아니, 아주 주민이 되는 것도 환영하지. 하하하."

로티는 쓸데없는 소리를 하면서 경비대들을 이끌고 주점을 벗어났다. 그런 로티를 보면서 주변 상황에 대해서 좀 더 알아본 후 이 거점의 마스터란 녀석을 한번 만나야겠다고 생각했다.

'후… 시간을 너무 지체했군.'

주점 안은 로티가 떠나갔음에도 이전처럼 시끄럽지 않았다. 오히려 치호 때문에 슬금슬금 자리를 피해 주점을 나가려는 인원만이 보일 뿐이었다.

'하긴… 영광의 기록서라는 게 흔한 건 아니지.'

치호 스스로가 '영광의 기록서'에 직접 이름을 올린 것은 물론이고 그 외에도 이름을 올릴 기회를 여러 번 거부했기 때문에 치호로서는 기록서에 이름을 올리는 행위가 대단해 보이지 않았다.

하지만 그것은 치호에게만 국한되는 것일 뿐이지 다른 이들에게 있어 '영광의 기록서'에 이름을 올린다는 것은 인간의 한계를 뛰어넘는 퀘스트를 수행한 괴물들의 인명사전이나 다름없었다.

그렇기에 그런 곳에 이름을 올린 치호와 한 공간에 있는 것만으로도 보통의 테스터들은 술 마실 생각이 싹 달아나는 것이다.

주변의 분위기로 보아 아마도 오늘 토포의 행복주점은 장사를 다 한 것 같았다. 더군다나 블레어와 함께 실컷 치호를 비웃었기 때문에 그런 치호 앞에서 술을 마시고 있을 만한 강심장을 가진 사람은 없었기 때문이다.

그런 분위기를 치호 역시 눈치챘는지 토포에게 말했다.

"소란을 피워서 미안하군."

"아… 아닙니다! 만나 뵙게 되어 영광입니다!"

"그럼 다음에 또 보자고."

토포가 치호를 대하는 태도가 완전히 변해 버렸지만, 치호는 얼른 주점을 벗어날 생각만 했다. 토포가 그나마 장사를 더 하려면 스스로 자리를 피해 주는 게 좋아 보였기 때문이다.

더욱이 다소 복잡한 네 번째 필드의 사정을 얼른 대진과 메이 두 사람에게 알려야 했기 때문에 치호는 빠른 발걸음으로 주점을 벗어났다.

주점을 나선 치호는 어두운 골목길 한편에 자리 잡아 〈영혼의 메아리〉로 두 사람을 불렀다. 주변에는 밤이 깊어서 그런지 돌아다니는 사람은 없었다. 더군다나 주점과는 꽤 떨어진 곳이었기 때문에 이곳에서는 마음 놓고 〈영혼의 메아리〉를 사용해도 괜찮을 것 같았다.

— 들리나? 새로운 정보가 있다.

밤이 늦어서인지 아니면 응답할 겨를이 없었던 것인지 확실치 않지만, 다행히 두 사람 모두 치호에게 말을 걸기 시작했다.

— 뭐 새로운 거라도 알아낸 거예요?

— 으… 깜짝이야. 이 〈영혼의 메아리〉는 다 좋은데 깜짝깜짝 놀라는 게 문제라니까? 여기 분위기도 심상치 않은데 〈영

혼의 메아리〉 때문에 심장 떨어지는 줄 알았네. 휴우.

대진과 메이 두 사람 모두 목소리가 괜찮은 것을 보니 아직
은 문제가 없는 것 같았다. 더군다나 대진 특유의 툴툴거림이
나오는걸 보면 약간의 여유가 생긴 것 같아 마음이 놓였다.

지난번 통신 때만 해도 더워 죽겠다느니 사람의 흔적을 찾
을 수 없다느니 하는 둥 않는 소리를 했는데 이번에는 그런
말이 없는 것으로 보아 상황이 좀 나아진 것 같았다.

치호는 두 사람의 목소리를 확인한 후 지금까지 알아낸 정
보에 대해서 차근차근 풀어내기 시작했다. 대진과 메이 두 사
람도 조용히 치호의 말을 들을 뿐이었고 치호의 말이 끝나자
메이가 안도의 한숨을 내쉬며 말했다.

— 늦지 않아서 다행이네요. 그나저나 이번 네 번째 필드는
아무 거점이나 막 들어갈 수도 없겠는데요?

— 중립 거점을 찾으면 좋겠는데⋯ 그런 거점을 찾는 건 불
가능해 보이는데? 아무래도 일단은 아무 거점이나 들어간 다
음에 그 후 거점을 빠져나오든지 해야 할 것 같아.

거점을 마음대로 들락날락할 수 있는 치호와는 달리 여러
가지 제약에 묶인 대진과 메이로서는 거점을 선택할 수 있는
선택권 따위는 없었다.

그렇기에 대진의 방법이 차라리 나은 선택처럼 보였다.

— 아무튼 주변이 전쟁 중인 것 같으니까 괜히 전쟁에 휩쓸

리지 않게 조심해. 그리고 거점을 잡으면 바로 나에게 연락하도록 해. 내가 그사이 네 번째 필드의 지도를 좀 구해보지.

— 지도요? 그런 게 있을까요?

— 전쟁을 치르고 있다면 지도는 필수. 반드시 있을 거다.

치호는 각 세력이 전쟁을 치르고 있다면 반드시 지도가 있을 것으로 생각했다. 세 번째 필드처럼 길드 규모로 움직인다면 모를까 이렇게 큰 세력이 움직이는데 지도 하나 준비해 두고 있지 않다면 그건 말이 되지 않기 때문이다.

— 치호, 너도 너무 무리하지 마. 아무튼 거점을 찾으면 빨리 이야기할게.

— 치호 아저씨, 아저씨 덕에 큰 실수는 면할 것 같네요. 헤헤. 안 그래도 조금만 있으면 사람들을 찾을 수 있을 것 같거든요.

메이는 지난번 사람을 발견한 것 같다더니 추적이 성공적인 것 같았다.

— 그럼 다음에 연락하지. 무슨 일 있으면 바로 연락하도록해.

치호는 당부의 말을 끝으로 더 이상 〈영혼의 메이리〉를 통해 대화하진 않았지만, 아직 어두운 골목길에서 움직이지 않고 있었다. 가만히 휴식을 취하며 앞으로 해야 할 일에 대해서 정리가 필요했기 때문이다.

'일단은 안내 데스크에 가서 거점 등록을 좀 해줘야겠군. 궁색한 변명을 하다가 문양이라도 보여 달라고 하면 골치 아플 테니.'

치호는 날이 밝는 대로 안내 데스크를 향해 가기로 결정했다. 주점에서의 일도 그렇고 마침 새로운 테스터들이 이 거점에 들어온 지 얼마 되지 않았다고 하니 거점 등록을 하려면 지금밖에 기회가 없을 것 같았기 때문이다.

치호는 앞으로의 계획 때문에 머릿속이 복잡했다. 지금 네 번째 필드의 상황으로 보아 지난번 필드처럼 이곳저곳 헤집고 다닐 수는 없을 것 같았기 때문이다.

'너무 정보가 부족해.'

하지만 아무리 계획을 짜려고 해도 지금 가진 정보가 너무 빈약하기에 확실한 결정을 내릴 수는 없었다.

아무래도 안내 데스크에서 정보를 얻은 후 행동을 결정을 내려도 늦지 않을 것 같았다.

치호는 오랜만에 가만히 앉아 휴식을 취하며 어서 빨리 동이 트기만을 기다렸다.

동이 트고 나서부터는 대진과 메이 두 사람을 위해서 바쁘게 움직여야 할 것이기에 쉴 수 있을 때 쉬어두는 게 좋을 것 같았기 때문이다.

*　　　　*　　　　*

"티모시, 그게 정말이야? 우리 거점에도 '영광의 기록서'의 인물이 합류했다는 게?"

"그렇다니까? 거참, 사람하고는. 무슨 말을 하면 좀 믿으라고. 의심할 생각만 하지 말고."

"필드에 하도 이상한 놈들이 많으니까 그렇지! 흠흠. 아무튼 그 사람은 좀 어때? 정말 괴물같이 생겼어? 키가 적어도 2m는 넘겠지?"

치호는 행인들의 호들갑스러운 말소리에 어두운 골목 사이에서 조용히 눈을 떴다. 어느새 날이 밝았는지 주변에 사람들이 하나둘 나와서 움직이기 시작한 것이다.

'이건 또 무슨 소리지?'

골목에서 가만히 나갈 준비를 하던 치호는 사람들이 나누는 대화가 아무래도 자신에 대해서 이야기하는 것 같아 조용히 들어보기로 했다. 아무래도 저 티모시라고 불리고 있는 사내는 어젯밤 주점에 있었던 사람 중 하나인 것 같았다.

"에이, 2m는 아니고… 그냥 너만 했을걸?"

"뭐? 나만 하다고? 그럼 근육이 뭐 엄청나나? 아니면 눈빛만 봐도 오금이 저릴 정도로 살인귀 같은 느낌인가?"

"아니… 그 정도는… 아니었는데?"

치호에 관해 묻던 이는 아무래도 시원치 않은 티모시의 대답에 답답했는지 역정을 내며 말했다.

"에이! 좀 속 시원하게 말 좀 해보라니까? '영광의 기록서'에 이름을 올릴 정도의 사람이라면 뭔가 달라도 다를 것 아니야?"

사내는 뭔가 '영광의 기록서'에 이름을 올린 이에 대한 환상을 잔뜩 가지고 있었는지 티모시에게 도리어 화를 내며 물었지만 티모시의 대답은 아무래도 사내가 원하는 대답은 아닌 것 같았다.

"그게… 뭐 특별한 건 없었어. 우리도 경비대장 로티가 말하지 않았으면 몰랐을 정도니까."

"뭐? 특별한 게 없어?"

"그래, 그냥 평범했어. 딱 봐도 강해 보였으면 블레어 녀석들이 그 사람에게 말이나 걸었겠어?"

티모시란 사내는 치호의 생김새에 대해 설명하는가 싶더니 어느새 치호가 어제 벌였던 일에 대해 이야기하고 있었다.

"아주 붕붕 날아다니더라니까? 툭 하니 억 하고 쓰러지던데?"

"그렇게 대단해?"

"대단? 하… 뭘 봤어야 대단하지 어떤지를 알지. 무슨 움직임이 그렇게 빠른지… 아무 그 주점에서 움직임을 제대로 본 사람은 없을 걸?"

티모시는 치호의 움직임에 혀를 내두르며 칭찬하다가 다시금 말을 잇기 시작했다.

"그나저나… 마스터가 그 사람을 잘 회유했으면 좋겠는데… 가능할까?"

"글쎄… 뭐 우리야 그랬으면 좋겠지만, 기록서에 이름까지 올린 사람이 뭐가 아쉬워서 중립 거점에서 고생하겠어? 뭐 세 진영 중 하나로 가지 않을까?"

"그래도… 에휴, 모르겠다. 조만간 있을 대회까지는 있었으면 좋겠지만 뭐 마스터가 알아서 하겠지."

가만히 그들의 대화를 듣던 치호는 '대회'라는 것에 궁금증이 들었다.

'대회? 그게 뭐지?'

치호는 그들이 말하는 대회라는 것이 궁금했기에 그들을 붙잡고 물어볼까 하다가 그만두었다. 티모시라는 사내가 자신의 얼굴을 알고 있기 때문에 '영광의 기록서'에 등록된 사람이다 어쩐다 하면서 주위를 소란스럽게 할 가능성이 매우 높았기 때문에 나중에 따로 알아보는게 나을 것 같았다.

'어차피 마스터란 녀석을 한 번 만나볼 생각이었으니… 그때 물어보면 되겠지.'

일단은 안내 데스크에 가서 주변 상황과 거점을 등록해 두는 게 중요했기 때문에 호기심은 일단 접어 두기로 했다.

치호는 골목길에서 나와 거점을 둘러보며 빠른 걸음으로 안내 데스크를 향해 걸었다.

＊　　　＊　　　＊

"여기가 안내 데스크인가?"

치호는 안내 데스크 건물 앞에서 멀뚱히 건물을 쳐다보았다. 안내 데스크는 지난 필드와는 다르게 규모부터가 남다른 건물이었다. 치호가 건물을 한번 둘러보고 안내 데스크 안으로 들어섰을 때에는 이른 아침이지만 떠들썩한 소리가 치호의 귀를 때렸다.

"세폴로티 잡으러 갈 사람은 이쪽 게시물 참고하시오!"

"누가 세폴로티를 잡아? 얼마나 까다로운데!"

"자쿠스 잡으러 갈 사람 없어? 오늘 최소한 3마리는 잡을 거니까 준비된 사람은 게시물 확인하고 합류 장소에서 만나지."

왁자지껄 떠드는 소리의 면면을 살펴보니 아무래도 이곳은 사냥을 나가기 전에 사람들끼리 그룹을 만들어 나가는 곳인 것 같았다.

지난 필드까지만 해도 잘 아는 사람들끼리만 그룹 사냥을 했다면 네 번째 필드에서는 좀 더 적극적으로 그룹 사냥을 하는 것 같았다.

'테스터들의 수준이 높아졌다는 의미인가?'

네 번째 필드의 괴물들은 더 이상 테스터들에게 두려움의 대상이 아닌 것 같았다. 괴물 사냥을 위한 일행을 구하면서도 얼굴에 두려운 기색이 없는 것을 보면 말이다.

'하긴 여유가 있으니까 사람들끼리 세력 싸움도 하고 전쟁도 치르는 것이겠지. 아이러니하군.'

치호는 사람들의 삶이 편해졌지만 편하면 편한 대로 또 다른 적을 만들어 서로 싸우는 모습을 보고 입맛이 쓰게 느껴졌다.

잠시 테스터들이 사냥 그룹을 모으는 것을 구경하다가 퍼뜩 정신을 차리고 얼른 안내 데스크의 안내원에게 향했다.

"이봐, 거점 등록을 좀 하고 싶은데?"

"응? 거점 등록? 지난주에 왔소?"

치호는 사정을 설명하고 안내인에게 어렵지 않게 거점 문양을 획득할 수 있었다. 안내인은 치호에게 의심병이라는 둥 일을 두 번 하게 만든다는 둥 여러 타박을 듣긴 했지만, 무리 없이 거점 문양을 건네받을 수 있었다.

치호는 거점 문양을 팔뚝에 새기면서 안내인에게 조심스럽게 지도에 관해 물었다. 치호가 안내인에게 조심스럽게 지도에 관해 물은 이유는 치호의 경험 때문이었다.

현대 지구에서는 지도가 흔하게 구할 수 있지만, 과거에는 그렇지 않았다. 지도를 구한다는 말만 해도 첩자로 몰려 처형당하는 일도 비일비재했기 때문이다.

지도는 민감한 군사 물품이기에 어쩌면 필드에서 역시 제한 품목일지도 몰라 조심스럽게 물은 것이다.

"네 번째 필드는 지난 필드와 달리 세력전이 있는 모양인데… 혹 지도 같은 게 있나?"

"지도?"

"그래. 사냥을 갈 때 가능하면 다른 세력들은 피해야 할 것 같아서 말이야."

치호는 나름 신경 쓰면서 조심스레 안내인에게 물은 것과는 달리 안내인은 별것도 아닌데 뭘 그러느냐는 듯 퉁명스레 말했다.

"지도는 당연히 있지. 그런데 좀 비싼데 살 거요?"

"지도도 판매하나?"

"10골드. 가격이 좀 세지? 그래도 각 세력권과 중립 거점에 대한 표시는 확실히 되어 있으니까 그런 건 걱정하지 않아도 될 것이오. 하나 드릴까?"

다행히 지도를 판매한다는 소리에 치호는 어서 구매하기로 했다. 대진과 메이의 위치를 파악하려면 필요했기에 그깟 돈

몇 푼이 중요한 게 아니기 때문이다.

치호가 안내인이 가져온 지도에 값을 치르고 건네받자 치호에게 새로운 메시지가 떠올랐다.

[새로운 지리 정보를 획득하였습니다. 기존의 지리 정보와 결합하시겠습니까?]

'호오.'

아무래도 인터페이스 상의 지도와 지금 획득한 지도가 서로 맞물리는 듯 새로운 메시지가 떠오른 것이다.

치호는 앞에 서 있는 안내인도 잊은 채 인터페이스 상의 지도를 띄워 확인하기 시작했다. 방금 구매한 지도와 인터페이스 상의 지도가 얼마나 다른지 확인해 두어야 하기 때문이다.

'음? 이런 식으로 결합되는 건가?'

변경된 인터페이스 지도를 확인해 보니 과연 지금까지와는 다른 모습의 지도가 떠올라 있었다.

치호가 〈틸베른의 속임수〉로 획득한 지도 인터페이스에는 치호와 가장 가까운 위치의 거점이 표시되었고 치호가 움직인 부분에 한해서 지도를 이용할 수 있었다.

하지만 이렇게 기존의 지도와 결합하니 가장 가까운 곳의 거점은 물론이고 구매한 지도의 범위까지는 개척 거점까지 세

세하게 표기되기 시작한 것이다.

'게다가 각 거점이 어디 세력에 포함되어 있는지도 표기가 되는군… 이제야 좀 쓸 만해졌어.'

〈틸베른의 속임수〉는 거점을 인가받지 않아도 마음대로 드나들 수 있고 가장 가까운 거점을 표기해 준다는 것은 좋았지만 그 외에 지도로서의 기능은 그다지 쓸모가 없었다.

애초에 자신이 활동해 본 적 있는 곳만 표기되는 지도 따위는 큰 의미가 없었기 때문이다.

하지만 이런 식으로 지도를 결합할 수 있다면 인터페이스의 지도는 앞으로도 효용이 많을 것 같았다.

'그런데 이 표시는 뭐지?'

인터페이스 지도를 살피던 치호는 지도에서 가위표로 표기된 부분을 발견하고 의문이 들었다. 그 표시는 구매한 지도에도 표시되어 있지 않았는데 아무래도 지도를 결합하면서 새롭게 생겨난 것 같았다.

안내인에게 이 표시에 대해 묻고 싶었지만 구매한 지도상에는 가위표 된 부분이 그저 아무것도 없는 벌판이나 다름없어서 딱히 물어보기도 어려웠다.

'직접 가보면 좋겠지만… 이곳 아톨란과는 너무 멀군.'

지구에서처럼 시간이 넘쳐나는 삶을 산다면 여행이라도 하듯 그곳에 가서 직접 확인해 볼 테지만 필드에서의 치호는 그럴 수 없었다. 해야 할 일이 쌓여 있기 때문이다.

거점 표시도 아니고 세력에 관한 표시도 아닌데 새롭게 떠오른 가위표가 치호의 궁금증을 자극했지만 애써 고개를 돌렸다.

네 번째 거점에서 할 일도 많은데 굳이 일을 만들 필요가 없으니 중요한 게 아니라면 무시할 생각이었다.

'흠… 북쪽은 짐승의 콴, 동쪽은 강철의 얀센, 서남쪽은 길잡이 로펠로의 세력이라. 이곳 아톨란은 딱 중간에 자리 잡고 있군.'

지도를 보며 각 세력의 위치를 살피던 치호는 아톨란의 위치도 파악할 수 있었다. 그리고 아톨란을 제외한 다른 중립 거점들 또한 각 세력의 경계 부근이나 혹은 아주 바깥쪽에 자리 잡고 있는 것을 확인했다.

'일단 중립 거점에 대한 정보는 대충 확인이 되니… 이제 대진과 메이가 연락을 기다리기만 하면 되는군.'

일단 가장 걸림돌일 줄 알았던 지도 문제를 해결하니 치호 역시 마음이 조금은 놓이는 것 같았다.

비록 어제 약간의 문제가 있었지만 그 문제도 잘 해결된 것 같았고 생각보다 일이 잘 풀리는 것 같아 마음에 든 것이다.

치호가 변경된 지도와 다른 지역에서 고생하고 있을 두 사람을 생각하고 있을 때 안내인이 치호에게 말했다.

"이봐! 사람 세워놓고 뭐 하는 거야? 응?"

"아, 미안하군."

"이 네 번째 필드가 다른 필드에 비해서 사람도 많고 살 만해졌다고 해서 정신 놓고 있다가는 금세 목숨 달아나니까 정신 똑바로 차려야 해. 으이구."

치호를 걱정해 주는 듯한 안내인의 말에 치호는 피식 웃으며 필드에 대한 것을 물었다.

"그런데 내가 알기로 필드를 3개의 세력이 꽉 쥐고 있다던데… 그럼 여신의 교단은 어떻게 된 거지?"

"응? 아! 그게 궁금하기도 하겠군. 교단은 길잡이 로펠로 쪽에 이미 먹힌 거나 다름없어."

"길잡이 로펠로? 그게 무슨 뜻이지?"

지난번 클레이나 대진의 경우에 비추어봤을 때 수배까지 내리는 교단의 위세는 남달랐다. 그런데 네 번째 필드에서는 교단의 이야기가 없자 다소 궁금했는데 예상과는 다른 대답이 나오자 의문이 들었다.

"사실 로펠로 쪽 세력은 뭐랄까… 종교에 가깝다고 봐야지? 그러다 보니 다른 교리를 가지고 있는 여신의 교단과는 자주 충돌하더란 말이야."

"교단과 충돌했다고?"

"그래. 자네도 알다시피 필드라는 게 독립된 세상이니… 이

전 필드에서 그렇게 날고 긴다던 교단도 네 번째 필드에서는 힘을 못 쓰더라고."

치호는 안내인의 이야기가 흥미로워 좀 더 자세히 물었다. 그러자 안내인은 별것 없다는 듯 다시금 이야기를 잇기 시작했다.

"별거 아니야. 그저 교단이 로펠로와의 싸움에서 졌을 뿐이지. 다시 세력을 되찾기 위해 나름 교단에서도 뭔가 준비한다고 하긴 하고 있다고 하는데… 글쎄? 아무튼 교단과의 전투 때문에 지금 로펠로 쪽 세력이 숨 고르기에 들어간 거라니까? 교단과의 전투가 꽤 치열했었거든."

안내인의 말을 들으니 상대적으로 로펠로 측의 세력이 작은 이유를 알 것 같았다. 치호가 네 번째 필드로 넘어오기 전 큰 싸움이 있었던 것 같았다.

안내인의 말을 집중해서 듣던 치호는 안내인의 말을 끝까지 듣자 어느 정도 이해가 되었다.

여신의 교단 측 강자들이 다음 필드로 넘어간 그 찰나의 틈을 노려 세력전을 걸어버린 것이다.

강자가 잠시 비는 그 찰나의 순간을 노린 로펠로 측의 전술은 제대로 먹혀들었고, 그 기세를 몰아 순식간에 여신의 교단 측 세력을 밀어버린 것이다. 물론 교단도 이대로 물러날 생각은 없는지 뭔가 준비한다는 것 같았다.

'흠… 조만간 아래 필드에서 교단 측 강자들이 대거 넘어올지도 모르겠군.'

치호가 생각하기에도 교단이 이대로 쉽게 물러서지 않을 것이 분명했다. 교단에 얼마나 많은 강자들이 숨어 있는지 모르겠지만, 지난번 그림자 사제나 그들을 추앙하는 세력들이 꽤 있는 것으로 봐서 로펠로 측은 지루한 싸움을 계속해야 할 것이다.

'교단의 세력이 다시 나올 때를 대비해서 힘을 비축하고 있는 모양이군.'

치호는 그렇게 위세 좋던 여신의 교단을 무너뜨릴 정도의 힘을 가진 로펠로가 궁금해져 안내인에게 물었다.

"그런데 로펠로 측은 왜 종교에 가깝다고 하는 거지?"

"그야 거의 광신도에 가까우니까 그렇지?"

"광신도?"

다소 뜬금없는 소리에 치호가 의문을 표하자 안내인이 한숨을 쉬며 말했다.

"어휴. 거기는 완전히 미친놈들 소굴이라니까? 로펠로만 봐도 칭호가 죽음의 길잡이잖아. 수장이 그 모양인지 몰라도 그치들은 죽음만이 축복이라는 둥 필드의 어둠이 내릴 때 진정한 죽음의 안식이 찾아온다는 둥 헛소리만 해대는 자들이야."

"축복? 어둠?"

"그래. 그렇다니까? 차라리 여신의 교단이 이겼어야 했는데… 제길. 어쩌다가 그런 놈들이 승기를 잡은 건지… 에잉."

치호는 안내인의 말을 듣고 얼굴을 굳혔다. '죽음이 축복'이라는 것은 치호가 지난날 종교를 만들었을 때 사용하던 교리와 비슷했기 때문이다.

'항상 좋지 않은 방향으로 흐르는군.'

테스터들이 필드에 와서 겪는 불안과 공포를 생각하면 그런 종교가 탄생하는 게 이상하진 않았다.

삶을 스스로 끝내고 싶지만 그렇지 못한 이들, 필드의 괴물과 불안한 환경, 그리고 사람과 사람 사이의 불신 등이 어우러지면서 죽음으로 도망치고 싶은 마음이 간절할 테니 말이다.

문제는 치호가 그런 교리와 사상을 가진 종교의 끝을 누구보다도 잘 알고 있다는 게 문제였다.

'광신도라고 할 만도 하군.'

문득 그런 이들의 수장이 로펠로라고 하니 그가 좋게 보이지 않았다. 사람들의 불안한 마음을 이용해 자신의 이득을 챙긴다고 생각이 들었기 때문이다.

'게다가 어둠이라… 골치 아프군.'

안내인이 말했던 '어둠'이라는 것은 '달무르'가 언급한 적이 있기 때문에 골치 아프게 엮일 것 같은 느낌이 들었다. 지금 치호가 가지고 있는 〈98인의 악몽〉 팔찌는 달무르가 어둠에 대비해 만들어두었다고 했기 때문이다.

'가능하면 그들과 마주치지 않아야겠군.'

치호는 속으로 로펠로의 세력과는 가능하면 얽히지 않는 게 좋을 것 같다고 생각했다.

달무르가 언급한 어둠과 로펠로 측에서 말하는 어둠이 같은 것을 지칭하는 것인지는 모르겠으나 같은 존재를 칭하는 것이든 아니든 그들과 얽히면 어떤 식으로든 귀찮아질 것 같은 예감이 든 것이다.

치호가 팔찌에 대해서 생각할 때 안내인은 주변 세력에 대한 이야기를 계속해서 이어나갔다.

그의 말을 요약해 보면 짐승의 왕 '콴'은 공포의 존재였던 괴물들을 사로잡아 길들인 최초의 테스터라고 했다.

문제는 그 길들인 괴물들을 더욱 강하게 만들려는 실험으로 인간과 교배를 시키거나 괴물들의 일부를 인간에게 붙이는 등의 비인간적인 미친 짓을 했다는 게 문제였다.

"그 미친 짓을 멈추고자 나타난 게 강철의 지배자 '얀센'이지."

안내인의 말을 들으니 대충 세력들이 왜 서로 싸우고 있는지 어째서 세력들이 나누어져 있는지 감이 잡혔다. 물론 여기서 얻은 정보를 완벽하게 신뢰하는 것은 아니지만 네 번째 필드의 분위기를 읽는 데는 충분한 정보였다.

치호는 생각보다 안내 데스크에서 얻은 정보가 많아 만족한 표정으로 안내인에게 말했다.

"도움이 된 것 같군. 고맙군."

"고맙긴, 아무튼 여기에 자주 들리는 게 좋아. 거점 내에서 여기만큼 정보가 많이 도는 곳도 없거든. 우리같이 중립 거점에 뿌리내리는 사람들은 정보에 민감해야 하니까."

"참고하지."

안내인은 끝까지 치호에게 당부의 말을 잊지 않고 건넸고, 치호는 안내인이 하는 말을 들으며 안내 데스크를 한번 둘러보고는 밖으로 나왔다.

안쪽에서는 아직도 사람들끼리 사냥 그룹을 맺느라 한창인 것 같았지만 그런 것은 치호의 관심 밖이었기 때문이다.

'일단은 레벨도 올려야 하고… 마스터란 자에게 한번 가볼까?'

치호는 거점을 나서서 사냥을 나가기 전에 이곳 아틀란의 마스터란 자에게 가보기로 했다. 치호의 사냥 특성상 한번 나가면 언제 다시 돌아올지 장담하지 못했고 더욱이 괴물을 사냥하는 중간에 대진이나 메이에게 연락이 오면 상황에 따라 아틀란으로 돌아오지 못할 수도 있기 때문이다.

그러니 가능하면 거점을 벗어나 사냥을 하기 전에 얻을 수 있는 정보는 모두 얻어 놓는 게 좋아 보였다.

'미소에 대한 정보도 알아보려면 서두르는 게 좋겠군.'

주변 상황에 대해서는 대충 파악이 되었지만 미소에 대한 정보는 아직 얻은 게 없기 때문에 서둘러 아톨란의 마스터란 자를 찾아 나섰다.

　어제 주점에서 경비대장 로티와 이야기해 둔 것이 있으니 그를 만나는 것은 그리 어렵지 않을 것 같았다. 다만 마스터 란 자에게 미소에 대한 유의미한 정보가 있기만을 바랄 뿐이 었다.

제8장
마스터 최도현 Ⅰ

치호는 거점의 테스터들에게 길을 물어서 결국 마스터가 생활하는 곳까지 도착할 수 있었다.

나름 거점의 마스터가 생활하는 곳인데 쉽게 알아낸 것이 의아했지만, 마스터의 건물 앞에 도착해 보니 그 이유를 알 수 있었다.

"꽤 구색은 갖춰놨군."

마스터가 생활하는 곳은 한눈에 보기에도 주요 인물이 기거하는 곳이라는 느낌이 들었다.

건물은 높은 담장으로 둘러쳐져 있었고 입구에는 나름 문지기인 듯 보이는 이들까지 서서 대기하는 걸 보면 말이다.

치호는 건물을 슬쩍 돌아보고는 성큼성큼 입구를 향해 걸어갔다.

"잠시 기다려 주십시오. 무슨 일 때문에 찾아오셨습니까?"

치호가 건물 안으로 들어가려 하자 문지기처럼 보이는 이들이 치호를 가로 막고 서서 말했다. 과연 예상한 것처럼 이들은 이곳에서 불상인의 출입을 막는 일을 하는 것 같았다.

'꽤나 체계가 잡혀 있군. 아무리 중립 거점이라고 해도 이 정도 체계는 확립되어 있는 건가?'

치호는 중립 거점이라기에 세 번째 필드의 길드 개념이 좀 더 커진 느낌이 아닐까 했는데 그런 것은 아닌 모양이다.

경비대장은 물론 건물의 출입을 관리하는 사람까지 따로 있는 걸 보면 확실히 체계가 갖추어진 하나의 세력으로 봐도 무방할 것 같았다.

"경비대장 로티가 한번 찾아오라더군. 혹 다른 절차가 필요한가?"

"대장님께서 말입니까?"

"그래. 황치호가 왔다고 말하면 알 것 같은데 말이야."

" 흠… 그렇습니까? 잠시만 기다려 주십시오. 확인해 보겠습니다."

문지기는 뜬금없이 자신의 이름을 말하는 치호를 보며 떨떠름한 표정을 지었지만, 혹시 모르기 때문에 일단 경비대장에게 말은 전해보려는 것 같았다.

그들의 태도를 보니 경비대장은 아직 문지기들에게 자신에 대해 이야기를 해 두지 않은 것 같았다.

'하긴 어젯밤 일이었으니… 내가 일찍 찾아오긴 했지.'

가만 생각해 보니 너무 빨리 찾아온 감도 없지 않았다. 치호는 한시라도 빨리 미소의 정보를 얻고 싶어서 찾아온 것이지만 괜히 약점 아닌 약점처럼 상대에게 빌미를 제공하는 것은 아닌가 하는 생각이 든 것이다.

'아니지… 정보의 대가로 과한 걸 요구하면 그냥 나오면 될 테니 문제 될 것도 없나?'

생각해 보니 그렇게 문제 될 것 같지도 않았다. 어차피 치호는 거점 내에서도 스킬을 사용할 수 있기 때문에 어떤 변수가 생겨도 몸을 빼내는 데에는 문제가 없으니 말이다.

더욱이 지금은 대진이나 메이처럼 신경을 써야 할 이들도 없어 더욱 쉽게 몸을 뺄 수 있을 것이다.

치호는 생각을 정리하며 문지기의 말에 별다른 대꾸 없이 고개만 가볍게 끄덕였다. 일이야 어찌 되었든 별다른 약속도 하지 않고 불시에 방문한 것이니 이 정도 불편은 감수해야 할 것이기 때문이다.

기다리는 동안 건물의 담장 안쪽을 보니 넓은 정원도 있고 내부를 순찰하는 인원도 보이는 것이 흥미로웠다. 무엇이 두려워 이렇게까지 거점 내부에서 경비를 서게 하는 것인지 궁금했기 때문이다.

치호가 담장의 안쪽을 잠시 구경하며 기다리자 건물 안쪽에서 한 사람이 빠른 걸음으로 치호를 향해 다가왔다.

"어서 오게. 이렇게 빨리 찾아올 줄은 몰랐는데 성격이 아주 화통하구만! 하하하."

호탕하게 웃는 이는 경비대장 로티였다.

로티 역시 치호가 이렇게 빨리 자신을 찾아올 것이라고는 생각하지 못한 눈치였지만 치호가 찾아왔다는 사실이 여간 기쁜 것 같았다.

치호로서는 이들이 왜 이렇게 자신을 반기는지 도통 이해할 수가 없었지만 적당히 맞춰주며 이야기를 시작했다.

"어제 말한 정보가 궁금하더군."

"아? 그 광녀 말인가? 이름이… 미소, 미소 맞지?"

"그래. 마스터가 미소에 대한 정보를 확실히 모으고 있는 게 맞겠지?"

"당연하지. 내가 마스터에게 안내해 주지. 따라오게."

뭔가 일이 술술 풀리는 게 수상하긴 했지만, 치호 역시 원하는 게있기에 말없이 로티를 따라갔다.

로티는 응접실로 보이는 곳으로 치호를 안내했는데, 그곳에는 한 사내가 말없이 차를 마시고 있었다.

"마스터, 오전에 제가 말한 사내입니다."

로티가 사내에게 말하는 걸 보니 아마도 그 사내가 이곳 거점 아톨란의 마스터인 것 같았다.

사내는 로티의 말을 듣고 자리에서 일어나 치호를 반겼다.

"반갑소. 내가 중립 거점 아톨란을 책임지고 있는 마스터 최도현이요."

"난 황치호다. 반갑군."

"과연… 동향 사람인 것 같군요."

인사를 건내는 마스터라는 인물의 최도현은 척 보기에 무력이 뛰어나 보이지는 않았다. 하지만 그에게서 느껴지는 분위기는 과연 마스터라고 할 만한 기세가 느껴졌다.

더욱이 그의 눈빛에서 느껴지는 관록은 무시할 만한 수준은 아니었다.

'무력보다 지력을 쓰는 타입인가?'

아톨란의 마스터, 즉 수장의 위치에 앉아 있는 사람이니 당연히 무력이 가장 뛰어난 이를 지칭하는 줄 알았는데 최도현을 보니 그런 것 같지는 않았다.

그의 근육발달 정도나 기세 등은 도저히 전투에 특화된 체구라고 할 수 없었기 때문이다. 물론 네 번째 필드까지 올라온 사내이니 숨겨둔 한 수는 있을 테지만, 그래도 전투를 전문적으로 하는 이는 아닌 것 같았다.

치호가 마스터 최도현을 탐색하듯이 바라보자 최도현은 호탕하게 웃으며 말했다.

"하하하. 그렇게 경계할 필요 없소. 일단 앉아서 이야기를 나누는 게 어떻겠습니까?"

"아, 미안하군. 습관이 들어서."

"이해합니다. 더군다나 네 번째 필드에 온 지 얼마 되지 않았다고 들었으니 아직은 좀 더 적응할 시간이 필요하겠지요."

최도현이라는 사내는 나이가 꽤 있어 보였음에도 불구하고 치호에게 공손하게 말했다. 치호라서 공손하게 말하는 건 아닌 듯 습관적으로 배어 있는 듯한 말투였다.

치호가 자리에 앉자 최도현은 치호에게 차를 따라주며 말했다.

"처음 '영광의 기록서' 메시지가 떠올랐을 때 황치호란 이름을 보고 혹시 동향 사람이 아닐까 싶었는데 맞는 것 같군요."

"동향? 아… 그런가?"

치호에게는 지구에서 말하는 고향이란 말은 이미 퇴색된 지 오래였다. 그렇기 때문에 동향사람이라는 말이 어색했지만 굳이 그 말을 정정하지 않았다.

"네. 간만에 동향 사람을 보니 반가운 마음이 먼저 드는군요. 하하하. 필드에서 동향 사람을 만나면 어찌나 반가운지…

더군다나 '영광의 기록서' 이름까지 올리시다니요. 대단하십니다."

마스터 최도현은 치호와의 대화를 부드럽게 이끌어 나가기 위해 적당히 치호의 얼굴에 금칠을 하기 시작했고 치호 역시 그에 적당히 응대하며 대화를 이어나갔다.

"그런데 제게 궁금한 점이 있다고 들었습니다."

"그래. 사실 '영광의 기록서'의 또 다른 인물 '최미소'에 관해 궁금한 게 있어서 찾아왔다."

"호오. 희대의 광녀 최미소라… 그분과 알고 계시는 사이입니까?"

치호는 미소에 대해 아는 척을 하려다가 지난번 경비대장에게 했던 태도와 마찬가지로 응대했다.

"아니, 그 미소 역시 우리와 같은 동향 사람인 것 같아 흥미가 가더군. 궁금해서 말이야."

"과연… 알 만합니다. 저도 그 때문에 그녀에 대한 정보를 모으고 있던 것이나 다름없으니까요."

"호오. 그래? 뭔가 알아낸 게 있나? 지금 어디에 있는지도?"

뭔가 정보가 나올법한 분위기에 치호가 미소에 대해 묻자 최도현은 입에 가벼운 미소를 머금은 채로 차를 한 모금 마신 후 천천히 이야기하기 시작했다.

"네, 알고 있지요. 지금 네 번째 필드에서 가장 활발히 움직이고 있는 게 그녀니까요. 그녀 역시 중립 거점 벨라탄에서 활약하고 있다 들었습니다."

"중립 거점 벨라탄에서?"

"네. 이곳과는 좀 떨어지긴 했습니다만, 제가 획득한 정보로는 로펠로와 맞닿은 지역의 중립 거점에서는 '전장의 광녀'로 통하고 있더군요."

"로펠로… 하필."

치호는 최도현의 입에서 미소가 로펠로 근처에서 활동하고 있다는 소리에 입술을 씹을 수밖에 없었다.

가능하면 마주치고 싶지 않은 자들의 세력권 근처에서 활동하고 있다면 그녀와 만나는 일은 더 골치가 아파질 것 같았기 때문이다.

그나마 다행인 것은 특정 세력에 들어가 활동하지 않고 중립 거점에서 생활하고 있다는 점과 다음 필드로 이동하지 않았다는 게 위안거리라면 위안거리였다.

치호가 미소에 대해서 생각하며 표정이 달라지자 그런 표정 변화를 민감하게 받아들인 최도현은 재빨리 치호에게 말했다.

"혹 최미소 님을 만나고 싶으신 겁니까?"

최도현이 넌지시 치호에게 묻자 치호도 자신의 실수를 눈치 챘는지 얼굴을 고치고 퉁명스레 말했다.

"아, 좀 아쉽기는 하군. 세 번째 필드에서도 만나고 싶었는데 길이 엇갈렸는지 도통 만날 수가 없어. 네 번째 필드라면 만남이 성사될 줄 알았는데… 이번에도 힘들 것 같군."

"어째서… 어차피 그녀는 중립 거점에 있으니 시간은 좀 걸리겠으나 못 만날 것도 없는데 말이죠."

"실은… 아무래도 로펠로가 마음에 걸리는군."

치호는 자신이 로펠로 측 진영을 꺼리는 이유를 구구절절하게 설명할 필요는 없기에 그냥 그들의 사상과 여신의 브로치를 보여주며 교단과의 인연을 이야기해 주었다.

그러자 최도현도 고개를 끄덕이며 이해한다는 듯 말했다.

"과연… 여신의 교단과 인연이 있는 상태라면 위험을 감수하고 로펠로 진영을 넘을 필요는 없겠지요."

"그렇지. 뭐… 아쉽지만 포기하는 수밖에. 딱히 반드시 만나야 하는 것도 아니니 말이야. 호기심 때문에 목숨 걸고 만날 필요는 없겠지."

치호가 겉으로는 미소를 만나는 것을 포기한다고 말했지만, 머릿속으로는 네 번째 필드의 지도를 떠올리며 최대한 로펠로 진영과 마주치지 않는 루트를 계산하고 있었다.

하지만 현재 미소가 활동하고 있다는 중립 거점 벨라탄은 위치상 로펠로 진영에 의해 둘러싸인 듯한 형국을 취하고 있기때문에 로펠로 영역을 피해서 이동하는 방법을 찾아내는 건 쉽지 않았다.

치호가 미소를 만나러 갈 방법을 고민하고 있을 찰나 최도현이 조심스레 치호에게 말을 꺼내기 시작했다.

"흐음… 영 방법이 없는 것도 아닌데 말입니다."

"음? 방법이 있다고? 로펠로의 영역을 거치지 않고도 미소를 만날 방법이?"

"예. 한 가지 방법이 있긴 합니다만… 선뜻 말씀드리기가 어렵군요."

최도현은 뭔가 방법이 있는 것 같으나 쉽사리 말을 꺼내지 못하고 있었다. 아무래도 뭔가 마음에 걸리는 듯한 그의 모습에 치호는 의문이 들어 물었다.

"그 방법이란 게 무엇이지?"

치호의 물음에 최도현은 잠시 망설이는 듯하다 한숨을 내쉬며 말했다.

"곧 있을 대회에 참가하는 것입니다."

"대회?"

치호는 문득 아침에 골목길에서 들었던 거점의 테스터 티모시와 행인들이 하던 대화 내용이 떠올랐다.

그때도 무슨 대회 어쩌고 하더니 그와 연관된 일인 것 같았다.

마스터 최도현은 의문을 표하는 치호의 반응을 예상이라도 했다는 듯이 천천히 차를 한 모금 마신 후 다시금 이야기를 잇기 시작했다.

"실은 얼마 후 중립 거점을 이끌고 있는 이들과의 친목 행사로 중립 거점 내 최강자를 가르는 무투 대회가 열립니다."

"중립 거점 내 최강자?"

"예. 중립 거점 사이에서는 아주 중요한 행사지요."

치호는 최도현의 말이 흥미롭다는 듯 자세를 고쳐 잡고 집중하기 시작했다. 중립 거점은 홀로 떨어져서 독립적인 세력을 이루고 있는 줄 알았는데 각 중립 거점끼리 어느 정도 교류가 있는 것 같았기 때문이다.

"실은 이 거점 행사를 통해서 중립 거점끼리의 우호도 다지고 정보도 교류하지요. 그리고 행사의 꽃인 이 대회는 각 거점의 자존심을 건 대결이랄까요? 하하하."

"그래서 그 대회에 참여하면 된다? 그럼 미소도 그 행사에 참여하는 건가?"

"네, 아무래도 그럴 확률이 높다고 봐야 합니다. 지금 가장 주가를 올리고 있는 게 그녀니까요. 아마도 중립 거점의 벨라탄의 대표 자격으로 대회에 참가할 것입니다."

최도현의 말을 듣던 치호는 문득 괜한 짐을 지는 것이 아닌가 싶었다. 마스터 최도현의 말을 들어보면 중립 거점의 대표끼리 만나는 자리이며 그곳에서 열리는 무투 대회란 각 거점을 대표하는 자끼리 무력을 겨루는 대회 같은 뉘앙스였기 때문이다.

그렇다면 치호 자신이 나가기에는 너무 무거운 책임이 뒤따르는 대회가 아닌가 하여 부담스럽다는 생각이 들었다.

"내가 그래야 할 필요가 있나? 그냥 그 대회가 열리는 곳에 가서 미소를 만나면 될 일인 것 같은데 말이야."

"그러면 좋겠습니다만… 아무래도 각 거점의 대표 자격으로 참여하는 것이기 때문에 호위도 보통이 아니고 아무나 만날 수 없을 것입니다. 더군다나 황치호 님의 경우에는 더더욱."

"나의 경우는 더더욱 만나기 힘들다? 그건 무슨 의미지?"

치호는 대회 장소에서 더더욱 미소를 만나기 힘들 것이라는 말에 의문을 표하며 최도현에 묻자 최도현이 살포시 미소를 띠우며 말했다.

"아시다시피 지금 네 번째 필드의 정세는 준 전시 상황이나 마찬가지입니다. 저희가 비록 중립 거점을 표방하고 있다지만 언제나 위험하지요."

"아, 그것도 그렇군."

"예, 대회 기간을 틈타 타 세력에서 중립 거점의 중요 요인을 암살하려는 시도가 번번이 벌어집니다. 중요 인물 암살에 성공하면 해당 거점은 무주공산이 다름없으니 말이죠."

"골치군."

"그런 상황에서 황치호 님처럼 무력이 증명된 자가 보증인도 없이 타 거점의 대표와 만나려 한다면 허락해 줄 리가 만무하죠. 그렇기 때문에 더욱 만나기 힘들다고 말씀드린 것입니다."

최도현의 말을 들어보니 일을 너무 쉽게 생각한 것 같았다. 각 거점을 대표해서 오는 일인데 그렇게 쉽게 만날 수 있으면 그것도 문제라면 문제일 터.

미소를 만나는 일이 생각보다 복잡하게 꼬이자 치호의 머리가 지끈지끈 아파오는 것만 같았다.

"더군다나 같은 중립 거점 인사끼리도 만나기가 여간 어려운 게 아닙니다. 특히 무투 대회 참가자는요."

"그건 또 왜?"

"하하하. 말씀드리지 않았습니까. 각 중립 거점의 자존심을 건 대회라고. 이것이 말은 대회지만 사실상 경기의 성적에 따라 해당 중립 거점이 연합 내 목소리가 커지는 건 당연한 것이지요."

"서로 수작을 부리는 걸 방지하겠다는 건가?"

"맞습니다. 서로를 미리 견제하는 것이지요. 어떤 스킬을 가졌는지 예상할 수 없으니까요."

최도현은 그렇게 말하고는 할 말을 끝냈다는 듯 다시금 차를 한 모금 마시면서 치호를 응시할 뿐이었다.

'선택의 여지가 별로 없군.'

치호는 내심 대회에 출전하기로 결정했다.

사실 마스터 최도현의 말과는 다르게 치호로서는 아무리 경호가 붙더라도 미소를 만나러 갈 자신이 있었다.

잠행에 통달한 치호라면 그리 어려운 일이 아니나 그런 선택을 하지는 않았다. 미소가 어떻게 나올지 몰랐기 때문이다.

'실제로 정신이 아이템에 먹혔다면 날 못 알아볼 수도 있어. 그렇지만 않으면 굳이 귀찮은 일을 하지 않아도 될 텐데… 일이 꼬이는군.'

만약 미소가 치호를 알아보지 못하고 공격을 하거나 소리를 질러 소란스러워지면 일이 더 복잡하게 꼬일 것이 틀림없기에 그런 불상사는 일어나지 않도록 미연에 방지하는 것이다.

잠시 생각을 정리한 치호는 최도현에게 물었다.

"그럼 나를 이곳의 대표로 데려갈 수 있다는 건가?"

"예. 황치호 님께서만 동의하신다면 말이지요."

"그런데… 그래서 당신이 얻을 수 있는 게 뭐지? 그리고 날 어떻게 믿고 그런 제안을 하는 건지 납득하기가 힘들군."

사실 처음 본 것이나 다름없는 치호에게 최도현은 책임이 막중한 자리를 맡기는 것과 같았다.

이번 대회의 경기 결과로 중립 거점 연합 내의 발언력이 결정된다고 하면 아무나 나갈 수 없는 자리가 틀림없다.

더군다나 최도현 스스로 말했듯 지금은 준 전시 상황이나 다름없는데 신원조차 제대로 확인되지 않은 치호에게 대표 자리를 맡긴다는 건 아무래도 과한 것이 아닌가 하는 생각이 들었다.

그렇기에 치호가 물은 것인데 최도현은 쓰게 웃으며 치호의 물음에 답했다.

"실은 저희는 이번 대회를 포기하려고 했으니 크게 문제는 없습니다."

"포기? 어째서지?"

"아이러니하게도… 황치호 님께서 만나고 싶어 하시는 테스터 미소 때문입니다."

"미소 때문이라고?"

난데없이 미소 때문에 대회를 포기하려고 한다는 말을 듣자 의문이 들 수밖에 없었다. 다소 황당한 눈빛을 하는 치호에게 최도현이 차분히 설명해 주기 시작했다.

"실은 테스터 미소의 전투 방식 때문입니다. 한번 피를 보면 광분하듯 달려들어 아군이고 적군이고 할 것 없이 베어버리기 때문입니다. 그것이 그녀의 스킬인지 몰라도 너무 위험합니다."

"그래도 너무 큰 걸 포기하는 것 아닌가? 주변에서 아톨란을 우습게 볼 텐데? 겁쟁이라고 말이야."

"그렇겠지요. 하지만 그렇다고 해서 무의미하게 저희 측 인사를 희생시킬 수 없습니다. 만약 출전한다면 경비대장 로티가 출전할 텐데… 만에 하나라도 불상사가 일어나면 저희가 잃는 게 너무 큽니다."

치호가 최도현의 말에 어느 정도 수긍하며 고개를 끄덕이자 최도현은 물 만난 고기처럼 입을 놀리기 시작했다.

"실은 그래서 대회 참가에 대해 황치호 님께 말씀드리기 힘들었던 것입니다. 너무 저희 입장만 내세우는 것 같아서 말입니다."

최도현의 말을 끝까지 들어보니 처음에 그가 대회에 대해 조심스레 말을 꺼낸 이유를 알 수 있었다. 자칫 거점을 위해 치호에게 희생을 강요하라고 들릴 수 있기 때문이다.

하지만 치호로서는 나쁘지 않은 제안이었다. 다른 페널티가 있는 게 아니고 어차피 만나야 할 미소이기 때문에 문제될 게 없기 때문이다.

치호는 잠시 고민하는 척하더니 이내 힘든 결정을 내린 듯한 표정으로 최도현에게 말했다.

"좋아. 그 제안 받아들이지. 내가 이번 무투 대회에서 아틀란의 대표로 출전하지."

"정말이십니까? 하하하, 감사합니다. 대신 제가 테스터 미소와의 만남이 이루어지도록 최선을 다해보겠습니다."

"뭐… 서로 윈윈하는 게임이니까 물러설 필요가 없겠지."

"그런가요? 하하하. 그리고… 노파심에서 말씀드리지만 각 거점의 대표들 실력이 녹록지는 않을 것입니다. 저희 중립 거점 연합이 타 세력의 등쌀에도 버틸 수 있는 원동력이 바로 그들이니까요. 더욱이 이번에 테스터 미소의 출현으로 다른 거점에서도 숨은 강자들이 대거 출현할 가능성이 높습니다."

최도현은 마지막으로 치호에게 경고 아닌 경고를 했지만 치호는 피식 웃으며 말했다.

"숨은 강자들이라? 재미있군."

치호는 문득 네 번째 필드의 강자들은 어느 정도 무력을 가지고 있는지 궁금해지기 시작했다. 치호 안에 있는 무인으로서의 호승심이 오랜만에 꿈틀대는 것이다.

하지만 이내 표정을 고치고는 최도현에게 일정에 대해 물었다.

"그럼 언제 출발해야 하는 거지?"

"빠르면 빠를수록 좋습니다. 벌써 조금 늦었지요. 사실 포기하고 있었던 터라… 가능하시겠습니까?"

"그렇군. 그럼 나도 준비를 조금하고 내일 만나도록 하지."

아무래도 다른 곳으로 이동해야 하는 일이니 개인 정비는 마쳐야 할 것 같았다. 또한 최도현 측도 준비할 게 있을 것이니 내일 출발하는 게 그나마 나을 것 같았다.

"고맙습니다. 그럼 최대한 빨리 준비하겠습니다."

"그럼 내일 보지. 난 그럼."

치호는 가볍고 인사를 하고 마스터 최도현의 건물을 빠져나왔다. 생각보다 바쁘게 움직여야 하기 때문이다.

'그래도 미소를 만날 수 있다니 다행이군.'

치호는 생각보다 일이 잘 풀리자 기분이 좋은 듯 발걸음에 힘이 들어갔다. 최대한 빨리 움직여 준비를 마쳐야 하기 때문이다.

*   *   *

"상점 개방."

치호는 최도현의 건물에서 서둘러 빠져나와 정비를 마치고 마지막으로 상점에 들렀다.

상점에서 필요한 식량과 필요한 물품을 구매해야 할 것이기 때문이다. 식량 따위야 최도현 측에서 준비할지도 모르나 그렇다고 해서 아무런 준비를 하지 않는 건 마음이 놓이지 않았다.

치호 역시 최도현 측을 100% 신뢰할 수 있는 건 아니기 때문이다.

'일 터진 후에 후회해 봐야 늦지. 준비는 철저하게.'

그런 일이 없으면 좋겠지만 만에 하나 최도현 측이 치호를 배신하는 경우도 배제할 수 없으니 항상 최악을 대비해야 한다. 그렇기에 개인용품은 필수로 챙겨야 한다.

'흠… 포션도 구매를 하고 식량도 충분하게 구매해 둬야겠군.'

치호는 상점 수정을 이용해 필요한 물품을 빠르게 구매하기 시작했다. 오랜만에 상점 수정을 열어서인지 구매하는 재미가 쏠쏠했다.

지난번 필드에서는 대진과 메이가 구매를 담당했기에 상점 수정을 제대로 사용하지 못했기 때문이다.

'죽음의 서약서도 몇 장 구매해 두어야겠군.'

일전에 구매했던 서약서가 한 장밖에 남지 않아 몇 장 더 구매했다. 지금 치호가 가진 돈만 해도 1,000골드는 훌쩍 넘으니 돈 걱정은 할 필요가 없었다.

치호가 '죽음의 서약서'까지 구매하고 상점 수정 이용을 끝내려고 하는 찰나 치호의 눈에 새로운 아이템 목록 하나가 눈에 띄었다.

'차림의 뿔피리?'

이 물건이 네 번째 필드의 신규 아이템인지 세 번째 필드의 신규 아이템인지는 확실치 않았지만, 치호는 해당 물품의 설명을 보고 눈빛을 빛냈다.

"50골드? 그래도… 쓸 만하겠는데?"

아이템의 가격이 보통이 아니었으나 치호에게 있어 50골드는 큰돈이 아니었기에 냉큼 구매했다. 치호에게 있어 돈보다는 이 물품의 쓰임새가 더 값어치가 크다고 생각한 것이다.

'좋아. 이걸로 준비는 대충 끝냈군.'

치호는 꽉 찬 배낭을 짊어지고는 다시금 마스터 최도현의 건물로 향했다. 오늘 밤은 최도현의 건물에서 쉬고 날이 밝자마자 출발할 생각이기에 그의 건물로 발걸음을 옮긴 것이다.

*　　　　　*　　　　　*

날이 밝자 치호는 서둘러 건물 밖 정원으로 나왔다. 늦은 밤 찾아왔을 때 날이 밝으면 이곳에서 만나기로 했기 때문에 서둘러 나온 것이다.

"서둘러! 일정이 빠듯하다."

"옛!"

정원에 나서자 경비대장 로티의 말에 테스터들이 일사분란하게 움직이는 모습이 보였다. 같은 테스터임에도 불구하고 군기가 잡혀 있는 걸 보면 신기하게 느껴졌다.

'과연… 전시체제라는 건가?'

치호는 네 번째 필드에 대한 상황을 말로써 전해 듣긴 했지만 실제로 와 닿지는 않았었는데, 이런 모습을 보니 전시체제라는 상황을 피부로 느낄 수 있었다.

테스터들이 준비하는 모습을 물끄러미 바라보던 치호는 로티에게 다가가 물었다.

"로티, 언제쯤 출발하지?"

"음? 벌써 나왔나?"

"시간이 부족하다고 했으니 이왕 가는 것 빨리 가는 게 좋지."

"하하하. 그 성격 하나는 마음에 든다니까? 자네 이번 대회가 끝나고 나서라도 우리 거점에서 쭉 함께 살아볼 생각은 없나?"

경비대장 로티는 치호의 어떤 모습이 그렇게도 마음에 드는지 치호를 만날 때마다 연신 웃음이 끊이질 않았다.

치호도 지구에서처럼 한가로이 시간을 보낼 수 있다면 이곳에서 한 20~30년쯤은 한가로이 머물 수도 있었겠지만, 지금은 사정이 달라 로티의 제안에 답할 수가 없었다.

치호는 로티의 물음에 그저 웃음으로 답하고 앞으로의 일정에 대해 물었다.

"이번에는 누가 함께 가는 거지?"

"아, 어제 하도 급하게 준비하느라고 기본적인 것도 말해주지 않았었군. 마스터와 우리 측 인원 100명이 함께 움직일 것이네. 내가 갔으면 좋겠지만 나까지 이곳을 비우면 영 불안해서 말이야."

"마스터 최도현이?"

마스터 최도현이 직접 움직일 줄은 몰랐던 치호로서는 다소 놀랄만한 일이었지만 로티는 별것 아닌 듯 말했다.

"무투 대회이기도 하지만 중립 거점의 중차대한 문제를 다루는 일이야. 각 거점의 마스터가 가지 않으면 발언력이 떨어지지. 그런 중차대한 자리에 대리가 갈 순 없잖아?"

"그것도 그렇군. 그런데 내가 칼을 바꿔 잡으면 어떻게 하려고 마스터 최도현이 같이 움직이는 거지?"

"그래서 말인데… 흠흠, 자네를 못 믿는 건 아니네만… 부탁을 좀 들어줄 수 있겠나?"

로티가 무언가 말을 꺼내기 힘들다는 듯 조심스레 치호의 눈치를 보며 말하기 시작했다.

"실은 우리 마스터는 치호 자네를 신뢰하고 있긴 하지만… 사람 일이란 게 어떻게 될지 모르는 것 아니겠어? 해서 말인데… 혹 '죽음의 서약'을 써줄 수 있겠나?"

"죽음의 서약 말인가?"

"그래. 우리 마스터를 해하지 않는 조건으로 말일세. 그러면 내 마음이 조금 편할 것 같아서 그래. 어제도 내가 마스터에게 말을 했지만, 귓등으로도 듣질 않으니 나 원."

치호는 로티의 말을 들으며 피식 웃었다. 무슨 말을 그렇게 어렵게 꺼내나 했더니 '죽음의 서약'에 관한 이야기였다.

로티는 치호가 기분이 상할까 조심스레 말했지만 치호로서는 오히려 그게 편했다. 어차피 한동안 같이 행동해야 할 텐데 같은 편이 의심에 눈초리로 자신을 대하면 서로에게 피곤한 일이기 때문이다.

로티가 어렵게 말을 꺼내는 것도 이해 못 할 바는 아니었다. 사실 다른 테스터들이었다면 자신의 목숨을 걸고 쓰는 것이 죽음의 서약이기 때문에 가능하면 쓰지 않으려고 하는 게 일반적인 것일 테니 말이다.

하지만 치호에게는 '죽음의 서약'으로 인한 제약이 없는 것이나 마찬가지였기에 서약을 꺼릴 이유가 없었다.

오히려 그 알량한 서약서를 믿고 치호에게 허튼수작을 부리는 순간 그들은 살아서 지옥을 맛보게 될 테니 말이다.

"좀… 어렵겠나?"

지금까지 파악한 경비대장 로티의 성격으로 봤을 때 이렇게 남의 눈치나 보면서 이야기할 사람은 아니었다.

하지만 자신이 모시는 마스터를 위해 고개를 숙일 수 있는 사람은 흔치 않았기에 그런 이의 신뢰를 받는 마스터 최도현이 새삼 달리 보이는 것 같았다.

그런 로티에게 치호가 시원하게 말했다.

"서약서를 쓰지. 그게 더 서로 간에 좋을 것 같군."

"정말인가? 고맙네. 하하하. 내 자네라면 이해해 줄 줄 알았어!"

로티는 뭐가 그리도 좋은지 얼른 서약서 한 장을 써내리더니 치호에게 건넸다.

건네받은 서약서의 내용은 마스터 최도현과 동행하는 동안 최도현이 치호에게 위해를 가하지 않는 한 치호 역시 최도현에게 적대행위를 하지 않는다는 것이 주된 골자였다.

[로티와의 죽음의 서약이 체결되었습니다.]

치호는 서약서의 내용이 별 이상이 없었기에 피를 한 방울 떨어뜨려 서약서를 발동시켰다.

로티에게도 서약 체결에 관한 메시지가 떠올랐는지 고개를 끄덕이고는 속삭이듯 치호에게 말했다.

"한데… 서약을 맺었다는 말은 마스터에겐 비밀로 해야 하는 것 알지? 응?"

"알았다. 함구하지."

"고맙네. 덕분에 한시름 놓는군. 휴우."

로티는 안도의 한숨을 내쉬며 나머지 일을 정리하기 위해 자리를 떴다. 그러자 얼마 후 마스터 최도현 역시 준비를 마친 듯 건물에서 걸어 나왔다.

"이런… 벌써 나와 계셨군요. 괜히 기다리게 해드린 것 같습니다."

"나도 금방 왔다. 이제 출발하면 되나?"

"예. 출발하시죠, 하하. 그런데 무슨 짐을 그렇게나 많이… 저희 쪽에서 다 준비했을 텐데요."

최도현은 치호가 짊어진 배낭을 보고 놀란 듯했지만, 치호는 별것 아니라는 듯 말했다.

"이곳은 필드니까."

치호가 가볍게 말했지만 그런 말 속에 여러 가지 의미가 담겨 있는 걸 최도현도 눈치챈 듯했다. 그렇기에 더 이상 아무런 것도 묻지 않고 그저 고개를 끄덕이며 준비된 일행에게 힘차게 말했다.

"자, 거점 텔로시로 출발한다!"

마스터 최도현의 힘찬 목소리에 100여 명의 테스터가 일사불란하게 움직이며 중립 거점 '텔로시'로 향하기 시작했다.

*　　　　*　　　　*

쿠카카칵!

"처리됐습니다!"

중립 거점 텔로시로 이동하는 치호의 일행에게는 별다른 위협은 없었다. 이동하는 인원이 100여 명이나 되었고 이런 이동은 여러 번 있었다는 듯 각각의 테스터가 각자가 맡은 일을 충실히 해냈기 때문이다.

지금만 해도 불시에 나타난 괴물 '자쿠스'를 순식간에 처리해 버린 것이다. '자쿠스'는 네 번째 필드에서 처음 본 괴물이었는데, 생김새가 흡사 지구에서의 고양이과 동물을 보는 듯했다.

하지만 몸체의 길이는 꼬리를 제외하고도 5m가 넘었고 체고가 3m에 육박했는데 그런 몸을 가지고도 날렵하게 움직였다. 그 움직임만으로도 이미 흉기에 가까운 녀석이었지만 그런 흉악한 괴물도 이제는 테스터들의 사냥감으로 전락한 듯했다.

치호는 마스터 최도현을 호위하는 다른 테스터들에게 둘러싸여 안전하게 이동했지만 이 상황이 마음에 들지만은 않았다.

'레벨을 올려둬야 하는데… 영 기회가 생기지 않는군.'

안전하고 편안하게 이동하는 건 좋았지만 도무지 나설 기회가 생기지 않아 레벨을 올릴 수가 없었다. 이동하면서 레벨을 끌어올리려 했던 치호의 계획이 틀어지는 것 같았다.

치호가 이런 난감한 상황에 남모르게 한숨을 쉬고 있을 때 최도현이 걱정스레 물었다.

"어디 불편하신 곳이라도 있으십니까?"

"아니 잠시 다른 생각을 좀 하느라… 그런데 곧 해가 저물 것 같군."

"흠… 그렇군요. 오늘은 충분히 이동했으니 슬슬 쉴 곳을 마련해야겠군요."

최도현은 야간에 쉴 장소를 물색하려는 듯 치호보다 앞서서 이동했고 그 사이 치호의 머릿속에서 메이의 목소리가 울렸다.

〈영혼의 메아리〉를 통해 연락이 온 것이다.

— 치호 아저씨! 전 드디어 거점에 도착했어요. 그런데 네 번째 필드는 아저씨 말대로 난장판이네요. 사람들끼리 왜 그렇게 싸워대는 건지… 답답하네요.

메이가 거점을 발견하고 어느 정도 주변 정세를 파악했는지 한숨을 쉬며 말했다. 치호가 메이의 말에 답을 하려는 찰나 대진에게서도 메시지가 들어오기 시작했다.

— 벌써 거점을 찾았단 말이야? 다행이군. 그런데 난 시간이 좀 더 길어질지도 몰라.

— 에? 대진 아저씨, 아직 거점을 찾지 못한 거예요?

대진이 아직 거점을 찾지 못한 듯하자 메이가 걱정스러운 말투로 말했지만, 대진의 목소리는 그런 걱정과는 달리 기대에 가득 찬 목소리였다.

— 그런 게 아니고 여기서 내 스킬에 관한 단서를 찾았어. 어쩌면 이곳에서 내 스킬을 완성시킬 수 있을지도 모른단 거지.

— 에? 정말이에요?

— 그래. 그래서 말인데 난 당분간 바빠질 것 같아. 그러니 〈영혼의 메아리〉로 연락을 못 해도 이해해 달라고. 하하하!

대진이 뭔가 강해질 수 있는 단서를 잡은 듯 기대에 부풀어 있었기 때문에 치호는 조심스레 대진에게 말했다.

— 너무 위험한 건 아니겠지? 위험하게 느껴지면 우리와 같이 진행하는 건 어때?

— 안 돼. 이 퀘스트는 단독 퀘스트라 내가 직접 처리해야 할 문제야. 후우… 마음은 고맙지만 어쩔 수 없어. 날 믿고 기다려 줘.

치호는 내심 걱정이 되긴 했지만, 대진을 믿는 수밖에는 없을 것 같았다. 필드에서 살아남으려면 결국 자신 스스로가 강해져야 했기에 강해지기 위해 시련을 택한 대진을 말릴 수는 없는 노릇이기 때문이다.

— 좋아, 믿고 기다리지.

— 에휴… 대신 조심해야 해요! 알았죠?

― 알았어, 하하하. 그럼 난 바빠서 이만.

대진은 뭐가 그리도 바쁜지 서둘러 통신에서 빠졌고 치호는 메이에게 거점에 관해 묻기 시작했다.

― 메이, 지금 있는 거점의 이름이 뭐지? 어느 세력에 속해 있는 곳인가?

― 아! 여기는 '콴'의 영역에 속해 있는 거점 '칼리파'예요. 여기 분위기 장난 아니네요. 무슨 괴물들이… 으.

치호는 메이의 말을 듣고는 인상을 구겼다. 가능하면 메이도 중립 거점을 찾았으면 했는데 아쉽게도 짐승의 왕 '콴'의 영역이라는 것 같았다.

이에 재빨리 지도를 띄우고 거점 칼리파의 위치를 찾기 시작했다. 칼리파와 가장 가까운 중립 거점을 찾아 메이에게 말해주기 위해서였다.

― 메이 거기서 남서쪽으로 일주일 쯤 되는 거리에 중립 거점 '가보스'가 있다. 칼리파에 있으면 괜히 세력 싸움에 휘말릴지 모르니 빠져나와.

― 넵! 알겠어요. 그런데 이곳에서 '아란'에 대한 정보가 조금 있는 것 같아요. 그것만 알아보고 그쪽으로 이동할게요.

― 아란? 불안한데… 괜찮겠어?

― 네! 걱정 마세요. 헤헤. 어차피 대진 아저씨도 시간이 좀 걸릴 것 같으니 조금만 알아보고 갈게요.

치호는 대진과는 달리 '아란'의 정보를 알아본다는 메이가 불안했다. 메이는 이미 지난 세 번째 필드에서 복수하려던 '아란'에게 당해 위험한 고비를 넘겼기 때문이다.

그렇기에 메이를 몇 번이고 만류하려 했지만 '아란'과 메이 사이의 악연 때문에 그녀의 고집을 꺾을 수는 없었다.

— 후… 어쩔 수 없군. 대신 무슨 일이 있으면 반드시 알려야 한다. 알았나?

— 헤헤. 걱정하지 마세요. 일이 처리되면 아저씨가 말한 중립 거점 '가보스'에서 기다릴게요.

메이는 걱정하지 말라며 치호를 안도시키고는 통신을 끊었다. 아무래도 두 사람과 다시 만나는 것은 조금 더 시간이 지난 후가 될 것 같았다.

치호가 두 사람과 〈영혼의 메아리〉로 대화를 마치자 타이밍 좋게 최도현이 다가와 말했다.

"조금만 더 가면 쉴 만한 곳이 있습니다. 미리 준비해 두라고 일렀으니 천천히 따라가면 될 것 같습니다."

"아? 그래. 그럼 먼저 가서 쉬고 있어. 난 여기서 일을 좀 마치고 가지."

"네? 무슨……."

최도현이 치호의 갑작스러운 행동에 의문을 품자 치호는 얼른 배낭에서 아이템 하나를 꺼내며 말했다.

"〈차림의 뿔피리〉 이것을 사용해 볼 생각이거든."

"헛! 이… 이걸 말입니까? 너무 위험합니다!"

마스터 최도현은 치호가 꺼낸 〈차림의 뿔피리〉를 보자마자 기겁을 하며 말렸다. 아무래도 최도현은 이 아이템에 대해서 잘 알고 있는 듯한 눈치였다.

제9장

마스터 최도현 II

치호는 최도현의 만류에도 불구하고 천천히 준비하기 시작했다. 그런 치호의 태도에 오직 최도현만이 안절부절못하고 있을 뿐이었다.

"치호 님, 그게 어떤 물건인 줄 아시고 사용하시는 것입니까? 아무리 치호 님이라도 너무 위험합니다. 〈차림의 뿔피리〉라니요."

치호는 최도현의 말에 다시금 뿔피리의 아이템 설명을 살펴보았다. 저렇게까지 반응하는 걸 보면 자신이 놓친 무엇인가가 있을지도 모르기에 다시 한 번 확인해 보려는 것이다.

〈차림의 뿔피리 — 1개〉

— 효과: 뿔피리를 불면 일정 지역 내의 모든 괴물을 도발합니다.

— 내용: 거점에 침입한 괴물들을 유인하기 위해 차림이 개발한 도구. 과거 차림은 이 뿔피리를 사용해 거점에 침입한 괴물들을 유인하는 데 성공했지만 끝내 도발당한 괴물들을 처리하지 못하고 목숨을 잃은 비운의 아이템.

다시금 아이템 설명을 확인했지만 별다른 내용이 없었기에 치호는 최도현에게 물었다.

"이 아이템은 괴물들을 도발하는 아이템이 아닌가? 내가 잘못 알고 있는 부분이 있나?"

"예? 마… 맞습니다. 하지만 치호 님이 그 도발이라는 것을 너무 쉽게 보시는 것 같아 말씀드리는 것입니다."

"도발을 쉽게 본다고 무슨 뜻이지?"

이후 이어진 최도현의 말을 들어보니 도발이라는 효과가 뿔피리를 분 시전자만을 집요하게 쫓아온다고 했다. 마치 그룹 사냥에서 잘 사용하는 괴물을 도발하는 시약처럼 말이다.

하지만 그 범위가 너무 넓어 도발되는 괴물의 수를 예측할 수 없다는 게 문제였다.

아이템 설명에는 일정 범위라고 표기만 되어 있을 뿐, 어느 정도의 범위를 도발하는지는 알 수 없다고 했다.

최도현도 이 아이템을 어떤 식으로든 이용할 수 없을까 해서 여러 번 시도해 봤지만 그때마다 도발되는 범위도 다르고 괴물들이 출현하는 숫자도 달라서 매번 큰 피해를 보았다고 했다.

그렇기에 최도현은 누구보다 〈차림의 뿔피리〉의 대한 위험성을 잘 알았고, 그 때문에 치호를 말리려는 것이었다.

"더군다나… 치호님과 저희 병력이 가세한다고 해도 병력 수가 너무 적고 준비도 되지 않아 너무 위험합니다."

치호는 그런 최도현의 말을 가만히 듣다가 고개를 가로저으며 말했다. 아무래도 최도현이 무언가 착각하고 있는 것 같았다.

"괴물들은 나 혼자 상대한다. 나누어줄 경험치는 없어."

"아니, 그게 무슨! 경험치라니요? 지금 레벨 때문에 뿔피리를 불려고 하시는 겁니까?"

치호의 다소 어처구니없는 발언에 최도현은 소스라치듯 놀라며 말했지만 치호는 요지부동이었다. 최도현이 무슨 말을 하든 강행할 생각인 듯 보였다.

"무슨 소리야. 당연하지, 나 혼자 상대한다. 처리하고 따라갈 테니 너희들은 지정한 곳에서 쉬고 있어. 잠시 후 시행하겠다."

최도현은 이후에도 치호를 쫓아다니며 몇 번이나 치호를 극구 말렸지만 치호의 고집을 꺾을 수가 없었다. 치호로서도 최대한 빨리 레벨을 올리고 싶었기 때문이었다.

중립 거점 텔로시에 도착해서 어떤 녀석들을 만날지 모르는데 레벨도 올리지 않고 새로운 강자들을 대면하기 싫은 것이다.

가능하면 완벽한 준비를 마치고 녀석들을 대면해야 어떠한 변수에도 쉽게 대응할 수 있을 것이기 때문이다.

"후우… 부디 성공하시길."

최도현은 결국 치호의 고집을 꺾지 못한 채 한숨을 쉬면서 멀리 떨어져 있을 수밖에 없었다. 그런 최도현의 표정은 이미 이번 무투 대회는 틀렸다고 생각한 것 같았다.

뿔피리를 불면 치호의 죽음이 확실시된 것이나 다름없기 때문이다.

한숨을 쉬며 멀어져 가는 최도현을 보며 치호는 이제야 날파리가 떨어졌다는 듯 안도의 한숨을 내쉬었다.

'괜히 옆에 있으면 거치적거리지. 최대한 빠르게 레벨을 올린다. 후우.'

치호 역시 얼마나 괴물들이 몰려들지 확신할 수 없기 때문에 만반의 준비를 했다. 그리고 몰려든 괴물들을 최대한 빨리 처리할 생각이었다. 자신 때문에 다른 일행들이 피해를 입으면 자칫 일정에 문제가 생길 수 있기 때문이다.

'좋아. 준비는 이 정도면 됐고… 그냥 불기만 하면 되나?'

치호는 천천히 뿔피리를 입으로 가져다 대었다.

그리고 사위를 울리는 〈차림의 뿔피리〉 소리.

뿌오오오옹!

치호가 분 뿔피리 소리는 사위를 흔들었고 그 순간 사방에서 흙먼지를 뿜어 올리며 괴물들이 달려오기 시작했다.

크케켁!

크시시시시!

카악! 카악!

종류도 다양한 괴물들이 괴성을 지르며 치호를 향해 미친 듯이 달려들었고, 치호는 괴물들이 자신의 영역에 들어오기만을 기다렸다.

[시전자의 기량에 미치지 않는 45개체가 감지되었습니다. 제거 대상으로 등록하시겠습니까?]

[시전자의 기량에 미치지 않는 15개체가 감지되었습니다. 제거 대상으로 등록하시겠습니까?]

[시전자의 기량에 미치지 않는 21개체가 감지되었습니다. 제거 대상으로 등록하시겠습니까?]

[시전자의 기량에 미치지 않는 33개체가 감지되었습니다. 제거 대상으로 등록하시겠습니까?]

일순 치호의 눈앞에 〈광인의 영역 선포〉로 인한 감지 메시지가 떠올랐고 그 이상은 메시지가 떠오르지 않았다.

도합 100마리 정도의 괴물들이 도발된 것 같았다.

'이 정도면… 충분하군.'

신전에서 괴물을 상대했던 것에 비하면 숫자도 적고 전투 공간도 충분했다. 그렇기에 치호는 자신 있게 스킬을 외쳤다.

"투사의 발걸음!"

치호는 굳이 악몽들을 꺼내놓지도 않았다. 새로운 괴물들이 눈에 보였기 때문에 그들의 특성을 직접 확인하고 싶었기 때문이다.

그렇기에 치호는 단신의 몸으로 몰려드는 100여 마리의 괴물들을 상대하기 시작했다.

쿠두두둑.

키엑!

칵칵.

치호가 있던 자리에는 치솟아 오르는 불길과 함께 괴물들의 비명이 애처롭게 울려 퍼지기 시작했다.

                    *   *   *

"마… 마스터! 저걸 보십시오!"

"후우… 심란하니까 말 시키지 말게."

치호의 전투 장면을 보는 다른 테스터들이 호들갑을 떨며 최도현을 부르기 시작했다.

마스터 최도현은 이미 치호가 죽은 목숨이라고 생각하는지 부하의 말에도 치호의 전투 장면을 보려 하지 않았다. '영광의 기록서'에 등재된 인물답게 처음에는 분투할 수도 있지만 그렇다 하더라도 이미 결과는 정해져 있는 것이나 다름없기 때문이다.

'후우. 판을 다시 짜야겠어. 아닌가? 그냥 원래 없었던 일로 하면 되는 것인가? 하아, 발언력을 높일 좋은 기회였는데 아쉽군.'

이번 기회를 통해 중립 거점 내의 발언력을 높일 좋은 기회라고 생각했는데 치호가 저리도 오만한 자일 줄은 몰랐던 것이 패착이었다.

이럴 줄 알았다면 서둘러 일을 진행하지 않았을 것인데 '영광의 기록서'에 등재된 인물이 자신의 거점 아톨란에 들어온 것은 처음이다 보니 최도현은 전에 없던 실수를 한 것이다.

'나도 수양이 부족하군. 좀 더 수련해야겠어. 이렇게 흔들

려서야 나만 믿고 따르는 테스터들에게 면목이 없지. 후우.'

최도현은 부하 테스터들이 마련한 휴식의 공간에서 조용히 눈을 감으며 자신을 질책하고 있었다. 좀 더 치호를 지켜본 후 일을 진행했으면 어땠을까 하는 생각을 하면서 말이다.

하지만 금세 진정되리라 생각했던 주변의 분위기는 쉽게 진정되지 않고 흥분이 점점 달아오르는 듯한 분위기였다.

어차피 괴물과 치호의 싸움은 금세 끝날 것으로 생각한 최도현의 생각과는 다르게 주변에는 기묘한 분위기가 맴돌았기에 조용히 눈을 뜨고 분위기를 살폈다.

"저게 인간이 맞긴 한 거야?"

"영광의 기록서라는 게 괜히 영광의 기록서가 아닌가 봐."

"저게 3번째 필드에서 갓 올라온 사람의 실력이라고? 염병… 그럼 난 뭔데? 제길."

"엄두도 안 나는군. 적으로 만나지 않은 것만으로도 다행으로 여기자고."

치호의 치열한 전투를 보는 이들에게서는 함성도, 응원의 목소리도 나오지 않았다. 지금 눈앞에서 펼쳐지는 전투 장면은 그들의 상상을 아득히 뛰어넘는 비현실적인 광경이었기 때문이다.

지금껏 저렇게 무지막지하게 싸우는 걸 본 경험은 처음인 듯했기에 마치 현대에서 영화를 보듯 관람하는 태도를 보이는 것이다. 같은 테스터이기는 하지만 치호의 싸우는 모습은 도무지 현실감이 들지 않았기 때문이었다.

그런 기묘한 분위기에 최도현은 이미 치호가 괴물들에게 패했다고 생각했는지 테스터들을 다독이며 말했다.

"슬슬 전투가 끝난 것인가? 후우… 내 실책이네. 다들 괜한 고생시켜서 미안하군. 하지만 다들 너무 실망하지들 말게. 다음엔 좀 더 좋은 기회가 있겠지. 내일 돌아가려면 피곤할 테니 어서들 정리하고 잠자리에 들게."

"예? 돌아간다니요?"

"응? 돌아가야지, 그럼?"

"……"

"……"

최도현과 테스터 사이에 기묘한 분위기가 흘러 일순 적막이 감돌았다. 뭔가 서로 오해하고 있는 듯했다.

보다 못한 다른 테스터가 나서며 최도현에게 말했다.

"마스터! 저길 보십시오."

"아직 전투가 끝난 게 아니야?"

최도현은 서둘러 부하 테스터가 가리킨 방향을 보기 시작했다. 전투는 진작에 끝났을 줄 알았건만 아직까지 치열한 전투가 벌어지고 있었다.

키에엑!

꾸득꾸득.

파삭!

써컥.

최도현은 전투를 유심히 관전했지만 도저히 치호를 찾을 수가 없었다.

괴물에게 둘러싸여 치호의 모습이 도무지 보이지 않았던 탓이다.

다만 간간히 들려오는 괴물의 비명 소리와 함께 정체 모를 검은 불길이 치솟을 뿐이었다.

하지만 간혹 솟아오르는 검은 불길은 괴물들을 무서운 기세로 잡아먹으며 그 세를 키워 나갔고 괴물들의 숫자는 점점 눈에 띄게 줄어들기 시작했다.

"저 검은 불길이 테스터 황치호의 스킬인가?"

"네! 그런 것 같습니다. 네 번째 필드에 알려진 괴물 중 저런 검은 불길을 사용하는 괴물은 보고된 바 없으니… 테스터 황치호의 스킬일 것입니다."

"허… 저런 스킬이라니… 게다가 저렇게 괴물에 둘러싸이고도 어떻게 살아 있을 수 있지?"

"그… 글쎄요. 그런데 '영광의 기록서'에 등재된 자들은 모두 저 정도의 실력인 겁니까?"

치호의 전투를 관전하던 테스터 중 하나가 최도현에게 묻자 최도현은 고개를 좌우로 흔들며 말을 이었다.

"영광의 기록서에 등재되었다고 모두가 저런 무력을 갖춘 건 아니지. 기록서는 비단 무력뿐만 아니라 지력이나 기록될 만한 일을 한 테스터에게 주어지는 영광이니까. 한데 저 정도 무위라니… 후우, 정말 상상을 초월하는군."

물음을 던진 테스터에게 질렸다는 듯 최도현이 말했고 그 사이에도 전투는 계속되고 있었다.

얼마간의 시간이 지났는지 점점 괴물들의 비명은 점차 잦아들었고 치솟아 오르던 검은 불길도 사그라지기 시작했다.

또다시 얼마간의 시간이 흐르며 찾아온 정적.

그 정적을 헤치고 한 사람이 마스터 최도현 일행에게 천천히 걸어왔다.

다가오고 있는 그의 몸에는 괴물들이 체액으로 보이는 끈끈한 액체와 검붉은 피로 뒤덮인 상태였지만 정작 본인은 아무렇지도 않은 듯 말했다.

"내가 걱정할 것 없다고 했잖아."

그렇게 말하는 치호의 표정은 마치 밤마실이라도 나온 듯이 한가로운 표정이었다.

별것 아니라는 듯 말하는 치호에게 최도현은 무어라 대답을 해야 하는지 판단이 서질 않았다.

지금 이런 상황은 상상조차 해본 적 없었기 때문에 일순 말문이 막힌 것이다.

〈차림의 뿔피리〉가 상점에서 판매할 때 사람들은 기만이라고 했다. 저런 악마 같은 아이템을 파는 이유, 그리고 일개 테스터가 구매하기에는 너무나 값비싼 가격으로 모든 이들의 빈축을 사기에 충분했다.

지금까지 자신을 과신하며 해당 물품을 사서 시험해 본 자가 없는 게 아니었다.

하지만 그때마다 돌아온 이는 없었다.

그랬기에 최도현 자신도 여러 번 실험을 했다.

분명 사용하라고 판매하는 것이면 이 테스터 필드에서 무언가 다른 게 있지 않을까 하는 생각으로 말이다.

그래서 여러 테스터들을 모으고 실험해 봤지만, 번번이 실패해 큰 피해만을 남겼다.

그러니 이런 상황을 상상조차 하지 못한 것이다.

단신의 힘으로 〈차림의 뿔피리〉가 불러들인 괴물들을 상대하는 사람이 나타날 것이라고는 예상하지 못한 것이다.

최도현 스스로가 뿔피리의 위험성을 알고 있기에 지금 일어난 상황이 얼마나 어처구니없는 일인지 잘 알고 있는 것이다.

더군다나 그런 말도 안 되는 일을 벌인 주인공은 빙글빙글 웃으며 별것 아니라는 듯 말하고 있으니 최도현 입장에서는 속이 털질 듯 답답하기만 했다.

"후우, 뭐 씻을 만한 물은 있나? 여간 지저분해진 게 아니라 말이지."

"예? 옛! 저기… 저쪽으로 가시면 됩니다."

치호와 눈이 마주친 테스터는 잔뜩 굳은 얼굴로 물이 담겨져 있는 거대한 수통을 가리켰다.

인벤토리를 이용해 필요한 물도 대량으로 가지고 다니는지 물이 넉넉히 준비되어 있었다.

촤악.

치호는 대충 물을 몇 번 뿌려서 몸에 묻은 것만 대충 씻어낸 후 최도현에게 다가가 말했다.

"분위기가 왜 이래?"

그때까지도 치호를 제외하고는 모든 테스터들이 얼음처럼 굳어 있었기 때문에 분위기가 경직된 것이다.

이에 최도현이 재빨리 정신을 차리며 치호에게 말했다.

"아… 아니? 어떻게 하신 겁니까?"

"뭘?"

"저 괴물들 말입니다. 어떻게 저 많은 괴물들 사이에서도 살아 나오실 수 있는 것입니까? 진정 이번에 네 번째 필드로 넘어 오신 게 맞습니까?"

최도현은 믿을 수 없다는 듯이 치호에게 궁금증을 쏟아내었지만 스킬이나 무력에 관한 부분이라 자세히 답해줄 수는 없었다.

그러니 대충 얼버무리며 최도현에게 답할 수밖에 없었다.

"스킬도 스킬이지만… 경험 때문이라고 해두지."

"경험이요? 이렇게 둘러싸여 싸운 경험이 많다는 뜻입니까?"

"좋을 대로 생각해. 그나저나 레벨이 별로 오르지는 않는군."

100여 마리의 괴물들을 처리했음에도 불구하고 기대한 만큼의 레벨은 오르지 않았다.

아무래도 레벨이 높아지면서 처리해야 하는 괴물의 수도 많아지는 것 같았다.

'하긴 이곳에서는 일반 테스터들도 사냥 그룹을 짜서 괴물들을 사냥하는 듯하니까… 그만큼 레벨 업에 필요한 괴물들의 수도 많아질 수밖에. 후… 바빠지겠군.'

한두 번 괴물들을 불러 모으면 한계 레벨까지 오를 줄 알았는데 거점 텔로시에 도착할 때까지 밤마다 사냥해야 할 것 같았다. 그러면 한계 레벨까지 도달할 수 있을 것 같았다.

치호는 앞으로의 사냥 계획을 짜면서 천천히 괴물과 전투를 치르며 떠오른 메시지들을 확인하기 시작했다.

〈세폴로티를 처리했습니다.〉

〈자쿠스를 처리했습니다.〉

〈세폴로티를 처리했습니다.〉

〈아볼란를 처리했습니다.〉

〈레벨 업!〉

〈로피안테를 처리했습니다.〉

〈세폴로티를 처리했습니다.〉

'후우. 많이도 잡았군.'

치호가 처리한 괴물들 중에는 거미형 괴물 세폴로티나 고양이과 동물을 닮은 자쿠스를 제외하고서도 몇 가지 종류의 괴물들을 더 상대할 수 있었다.

각각의 특성이 있었지만 같은 필드의 괴물들이라서 그런지 새롭게 등장한 녀석들도 세폴로티나 자쿠스와 비슷한 수준의 힘을 가진 것 같아 처리하는데 어렵지 않았다.

그런 메시지를 확인하는 치호에게 경험치와 돈을 획득했다는 메시지 외에도 또 다른 메시지를 확인할 수 있었다.

'이건 뭐지?'

〈혼자만의 힘으로 도발된 괴물을 1회 처리했습니다.〉

〈차림의 뿔피리 1/30 완료〉

생각지도 못했던 메시지에 치호가 눈을 좁혔다.

괴물들을 모조리 처리했을 때 치호도 모르는 사이에 떠 있던 메시지였다.

'호오… 뭔가 있는 건가? 거기다 30회라… 재미있군.'

〈차림의 뿔피리〉로 도발된 괴물들을 혼자의 힘으로 모조리 처리하면 뭔가 있는 모양이었다.

물론 그 횟수를 30번이나 반복해야 한다는 사실이 귀찮게 느껴졌지만 별로 어렵지 않게 달성할 수 있으니 앞으로 시간이 날 때마다 뿔피리를 불어야겠다는 생각을 했다.

치호는 뿔피리에 대한 메시지까지 확인하니 더 이상 별다른 메시지가 없었다.

'레벨은 3개밖에 오르지 않았군.'

스테이터스 창까지 확인하고 나니 레벨이 도합 3개가 올라 있었다. 앞으로는 레벨이 높아질수록 필요한 경험치 양도 많아질 것이니 앞으로의 전투가 지난할 것 같았지만, 뿔피리의 횟수를 채워가며 겸사겸사 올리면 될 것 같아 큰 걱정은 하지 않았다.

상점에서 의외로 쓸 만한 물건을 구했기 때문에 치호는 흐뭇한 마음이 들었다.

치호가 메시지와 레벨을 정리하고 나니 옆에는 최도현이 멀뚱멀뚱 서 있었다.

치호가 무언가 골똘히 생각하는 듯하자 말도 못 걸고 먼저 말을 걸어주길 바라는 눈치였다.

"음? 왜 그러지?"

"예? 아… 아닙니다. 후우… 일단 숙소로 들어가시지요. 안내해 드리겠습니다."

"아아… 미안하군."

뭔가 전투를 마친 후 최도현이 좀 더 공손해진 듯한 태도였으나 원래가 예의 바른 사람이었기 때문에 크게 신경 쓰지 않았다.

치호는 조용히 최도현을 따라가 숙소를 배정받았지만, 치호가 돌아다닐 때마다 함께 온 테스터들에게 기묘한 눈빛을 받아야만 했다.

다만 그 눈빛들이 적의는 아니었기 때문에 치호는 멋쩍은 표정을 지으며 숙소에서 내일을 준비했다.

내일도 해가 있을 때는 움직이고 저녁에는 뿔피리를 이용한 사냥을 하려면 쉴 수 있을 때 푹 쉬어두어야 하기 때문이다.

*　　　　　*　　　　　*

뿌오오오옹!

두두두두!

"투사의 발걸음! 세뮬라의 마력검!"

꾸드득.

푸쉬쉬.

카칵.

"저건 언제 봐도 장관이구만."

"저녁에 치호 님이 뿔피리 부는 것 보려고 내가 은근히 저녁을 기다리게 됐다니까?"

"이 사람아! 잘 봐둬. 우리가 언제 '영광의 기록서'에 등재된 인물의 전투 장면을 이렇게 일등석에서 볼 수 있겠어?"

"그렇긴 하지. 그런데… 저걸 봐봐야… 따라할 수나 있나?"

"크흠. 뭐 말이 그렇다는 거지."

치호는 밤이 되자 어김없이 뿔피리를 불어 전투를 시작했다.

이제는 치호와 함께 움직이는 최도현과 그 일행들도 치호가 뿔피리를 불 때 놀라거나 말리지 않았다.

이제는 밤이면 이루어지는 하나의 행사처럼 여기고 있었다. 오히려 테스터들은 치호가 전투하는 장면을 관전하는데 여념이 없었다.

괴물들의 움직임에 따른 치호의 대처를 보면서 그들도 공부하고 있는 것이다.

알게 모르게 치호는 최도현 일행에게 도움을 주고 있는 것이었기에 최도현은 흐뭇한 모습으로 치호의 전투 장면을 눈에 담았다.

'볼 때마다 오싹하군. 저 정도 무력이라면 어지간한 거점은 일신의 힘으로 초토화시킬 수도 있는 무력이 아닌가. 위험하다면 너무 위험해. 저런 이가 딴마음을 먹는다면… 누가 막을 것인가.'

최도현은 치호를 보면서 한편으로는 같은 편에 도움이 되기에 흐뭇하긴 했지만, 한편으로는 두려움이 느껴지기도 했다.

최도현 자신도 한 거점을 책임지고 있는 인사로서 저런 무력을 보고 마냥 좋아할 수만은 없었기 때문이다.

하지만 지금의 치호는 위험인물은 아니었다.

다른 강자들처럼 머리에 나사가 하나 빠진 듯한 인물도 아니고 위험한 사상을 가진 이도 아니었다.

지금은 같은 편에 속해 있고 합리적인 사람이라 말도 잘 통했다.

그것이 다행이라면 다행이지만 이곳은 필드다. 필드에서는 생각지 못한 변수가 많이 나타나는 곳이니 온전히 마음을 놓을 수만도 없었다.

치호의 전투를 흥분과 경외의 마음으로 관전하는 다른 부하 테스터와는 달리 최도현은 남모르게 한숨을 내쉴 수밖에 없었다.

'절대 적으로 돌려서는 안 된다. 무슨 일이 있더라도.'

만약 저런 압도적인 무력으로 한 거점을 타격할 마음을 먹는다면 시간이 문제일 뿐이지 천천히 피를 말려 박살 내는 건 일도 아닐 것이다.

더욱이 지금은 네 번째 필드에 넘어온 지 얼마 되지 않아 단일 세력이긴 해도 추후에는 그가 어떤 세력을 일굴지 상상도 되지 않았기에 최도현은 절대 치호와 적대 관계를 맺지 않아야겠다는 생각을 했다.

물론 치호는 세력을 이룰 생각도 네 번째 필드에 오래 머무를 생각도 없는 걸 모르는 최도현 혼자만의 착각이었지만 말이다.

"후우… 물!"

"여기 있습니다!"

이제는 치호의 말에 일사불란하게 움직였다. 전투를 마치고 돌아오면 언제나 괴물들의 피와 체액으로 칠갑하고 돌아오기 때문에 몸을 닦을 물을 준비해 두는 것 또한 자연스러웠다.

촤악!

치호는 사냥을 마치고 돌아와 준비된 물을 거칠게 몸에 끼었으며 거친 숨을 내쉬었다.

처음과는 달리 조금은 지친 모습이었다.

'날이 갈수록 수가 늘어나는군.'

치호는 몸에 물을 끼얹으며 흘린 땀과 온몸에 묻은 피와 체액을 씻어 내리기 시작했다.

그러면서도 떠오른 메시지를 확인했다.

⟨혼자만의 힘으로 도발된 괴물을 22회 처리했습니다.⟩
⟨차림의 뿔피리 22/30 완료⟩

'아직도 8번이나 남았나?'

아직 괴물들을 처리하는 게 힘에 부치는 건 아니었지만, 회차가 거듭될수록 괴물들의 숫자가 늘어났다.

처음 1회차 때에는 100여 마리였던 괴물이 이제는 거의 200마리는 거뜬히 넘는다.

더욱이 같은 괴물이라도 그들이 가진 힘이 이상하게 날로 강해진다는 느낌을 받았다.

그랬기에 치호는 처음에 ⟨투사의 발걸음⟩만으로 괴물들을 상대하다가 이제는 ⟨세뮬라의 마력검⟩까지 꺼내 들어 녀석들을 상대하고 있는 것이다.

'레벨은 38. 거의 다 올렸군. 그나저나 벌써 거점 텔로시로

향한 지 20일이 넘었군.'

매일 1회씩 뿔피리를 사용했기 때문에 텔로시로 향한 지 정확하게는 22일이 되는 날이었다.

꽤 오래된 것 같은데 아직도 텔로시에 도착하지 못한 것이다.

치호 혼자 움직였다면 벌써 도착해도 도착했겠지만, 다른 인원들과 발맞춰 움직이려 하다 보니 생각보다 시간이 소요되는 것이다.

치호가 몸을 씻어내고 물기를 털어내고 있을 때 최도현이 치호에게 다가와 말했다.

"오늘도 고생하셨습니다."

"고생은 무슨. 내 레벨 때문에 그런 거지. 그나저나 텔로시는 아직 멀었나?"

"그렇지 않아도 그 말씀을 드리려고 했습니다. 드디어 내일이면 텔로시에 도착할 수 있을 것 같습니다."

"호오. 그래?"

내일이면 중립 거점 텔로시에 도착한다는 최도현의 말은 듣던 중 반가운 소리였다.

레벨을 한계 레벨까지 끌어 올리지 못한 건 아쉬웠지만, 이 정도면 충분할 것이라 생각되었다.

그러다 문득 대진과 메이에 대해서 생각이 들었다. 지난

20일 동안 〈영혼의 메아리〉를 통한 연락이 없었기 때문이다.

'그나저나 대진이나 메이에게도 연락이 없군. 내가 먼저 연락을 해도 별다른 대답이 없으니… 걱정이야.'

대진이야 일전에 퀘스트를 진행하느라 메시지를 보내지 못한다고 했으니 큰 걱정은 들지 않았으나 메이의 경우는 달랐다.

메이는 '아란'의 정보를 알아본다고 한 후 아직 연락이 없으니 걱정이 들기 시작한 것이다.

'만약 텔로시에 도착하고서도 메이에게 연락이 없으면… 일정을 변경해야 할지도 모르겠군.'

치호는 가만히 메이에 대해서 생각하며 최악에 경우에 대비하기로 했다.

만약 텔로시에 도착해서도 연락이 없으면 무투 대회까지 기다릴 여유가 없을 것 같았다.

그러면 일단 미소가 머무는 곳에 잠입해서라도 만나보고 문제가 생기면 그대로 거점을 벗어나 메이가 마지막으로 연락한 거점 '칼리파'로 향할 생각이었다.

다소 과격한 방법이기는 하지만 다른 사람 눈치를 보면서 동료가 위험에 빠졌을지 모르는 상황을 외면하고 싶지 않기 때문이다.

치호의 긴 삶에 있어 대진과 메이는 정말 오랜만에 맺은 인연들이기 때문에 쉽게 놓기가 어려운 것이다.

치호가 대진과 메이에 대해 생각하는 눈빛은 점점 깊어져만 갔고, 그 눈빛처럼 필드의 밤도 깊어져만 갔다.

『불사의 테스터』 6권에 계속…

초대형 24시 만화방

신간 100%, 샤워실, 흡연실, 수면실(침대석), 커플석, 세탁기 완비

▪ 시흥 정왕25시점 ▪

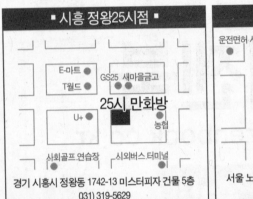

경기 시흥시 정왕동 1742-13 미스터피자 건물 5층
031) 319-5629

▪ 강북 노원역점 ▪

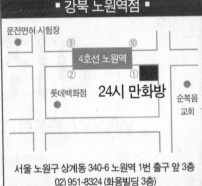

서울 노원구 상계동 340-6 노원역 1번 출구 앞 3층
02) 951-8324 (화용빌딩 3층)

▪ 일산 정발산역점 ▪

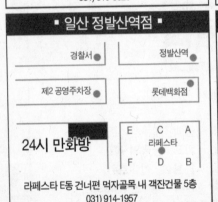

라페스타 E동 건너편 먹자골목 내 객잔건물 5층
031) 914-1957

▪ 일산 화정역점 ▪

경기도 고양시 덕양구 화정동 984번지 서일빌딩 7층
031) 979-4874 (서일사우나 건물 7층)

▪ 부천 역곡역점 ▪

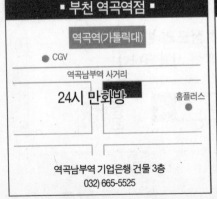

역곡남부역 기업은행 건물 3층
032) 665-5525

▪ 부평역점 ▪

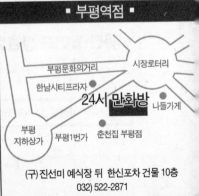

(구)진선미 예식장 뒤 한신포차 건물 10층
032) 522-2871

GRAND SLAM

FUSION FANTASTIC STORY

자미소 장편소설

그랜드슬램

2016년의 대미를 장식할 최고의 스포츠 소설!!

Career record : 984W 26L
Career titles : 95
Highest ranking : No.1(387weeks)
Grand Slam Singles results : 23W
Paralympic medal record : Singles Gold(2012, 2016)

약 십 년여를 세계 최고로 군림한 천재 테니스 선수.
경기 내내 그의 몸을 지탱하고 있는 것은…… 휠체어였다.

『그랜드슬램』

휠체어 테니스계의 신, 이영석(32).
그는 정상의 자리에서도 끝없는 갈망에 사로잡혀 있었다.

"걷고 싶다, 뛰고 싶다. …날고 싶다!!"

**뛸 수 없던 천재 테니스 선수
그에게, 날개가 달렸다!!!**

Book Publishing CHUNGEORAM

유행이 아닌 자유추구 ─
WWW. chungeoram.com

GAME
BALL
게임볼
설경구 장편 소설
FUSION FANTASTIC STORY
무명의 야구인이었던 남자,
우진이 펼치는 야구 감독으로서의 화려한 일대기!
『게임볼』
"이 멤버로 우승을 시키라고?"
가상 야구 게임,
게임볼을 통해 인생 역전을 꿈꾸는
한 남자의 뜨거운 행보에 주목하라!
Book Publishing CHUNGEORAM
유행이 아닌 자유추구 -
WWW.chungeoram.com

투신
강태산

박선우 장편소설

FUSION FANTASTIC STORY

무림을 휩쓸던 '야차(夜叉)'가 돌아왔다.

『투신 강태산』

여행사 다니는 따뜻한 하숙생 오빠이자
국가위기 특수대응팀 '청룡'의 수장.
그리고 종합격투기계를 휩쓸어 버린 절대강자.
전 세계를 무대로 펼쳐지는 투신 강태산의 현대 종횡기!!

"나는, 나와 대한민국의 적을, 철저하게 부숴 버릴 것이다."

서러웠던 대한민국은 잊어라!
국민을 사랑하는 대통령과 절대강자 투신이 만들어 나가는
새로운 대한민국이 펼쳐진다!!